KB002484

오늘도 불볕더위 아래

아침 댓바람부터

현장에 서 있습니다

KOTSUYUDOIN YOREYORE NIKKI
by KOICHI KASHIWA
Copyright ⓒ 2019 by KOICHI KASHIWA
All rights reserved.
Original Japanese edition published by SANGOKANSHINSHA CO., LTD.
Korean translation rights ⓒ2022 by LOBOOK
Korean translation rights arranged with SANGOKANSHINSHA CO., LTD., Tokyo
through EntersKorea Co., Ltd. , Seoul, Korea

이 책의 한국어판 저작권은 (주)엔터스코리아를 통한 저작권자와 독점계약한 LOBOOK에 있습니다.
저작권법에 의하여 한국 내에서 보호를 받는 저작물이므로 무단 전재와 무단 복제를 금합니다.

오늘도 현장에 서 있습니다

안전유도원의 꾸깃꾸깃일기

'가장 밑바닥 직업'의 실태

어떤 길을 다녀도 눈에 띄는 사람이 있다. 공사 현장에서 요란한 작업복을 입고 교통 유도를 하거나 보행자를 안내하는 도로안전 유도원이다. 이 안전유도원은 전국에 대략 55만 명이 넘게(2017년 말) 있는 경비원 가운데 약 40퍼센트[1]를 이루고 있다.

도로안전유도원은 심각하게 부족하고, 그 때문에 공사가 중지되거나 늦어지기까지 하는 일이 벌어지고 있다. 일반 사람은 고령자가 눈에 띄는 그들의 모습을 보고 무슨 생각을 할까. '더울 텐데 힘들겠다' '추운데 안 됐어' '얼굴이 시꺼매' 정도일까.

---

[1] 일본의 경비업법 제2조에서 도로안전유도원 업무는 2호 업무로 불리며 그 외에는 사무실, 시청, 공항 등의 설비경비원은 1호 업무, 현금이나 귀중품 운반은 3호 업무, 중요한 인물의 신변 경비는 4호 업무로 불린다. 구성 인원은 2호, 1호, 3호, 4호 순서대로 적어진다.

도로안전유도원이 이렇게나 많지만 그 실태는 세간에 잘 알려져 있지 않다. 더구나 실제 체험한 사람의 자료는 거의 전무하다. 사연이 있어서 나는 이 직업에 대해 글을 쓰고 편집하고 출판하는 동시에 간헐적으로 대략 2년 반 정도 종사했다.

맨 처음부터 책을 써보겠다고 생각한 건 아니다. 2년 가까이 안전유도원 일에 종사하던 중에 초고령 사회로 나아가는 현대 일본의 축도가 이곳에 있다는 사실을 깨달았다.

안전유도원이 '가장 밑바닥 직업'이라며 자조하는 현장에는 고령자를 중심으로 한 흥미진진한 세계가 있다. 나도 올해(2019년) 5월에 일흔세 살이 된 고령자이다. 이 업계에는 한때 부자도, 유명한 영화감독도 있거니와 이 일이 없으면 노숙자가 될 것 같은 사람도 있다. 친절한 사람도 있거니와 얄궂은 사람도 있다. 이 책에서 나는 도로안전유도원의 알려져 있지 않은 실태와 인간미 넘치는 드라마를 그런 사회 상황을 의식하면서 쓰려고 한다.

본서에 종종 등장하는 아내와 이런 대화를 나눈 적이 있다.

"안전유도원이 쓴 책을 사람들이 관심 있어 할까?"

"안전유도원은 눈에 띄는 데 비해 알려져 있지 않은 직업이니 관심을 가지고 있는 사람도 많을 거야. 비슷한 책도 없고."

"당신 경험이 그렇게 임팩트가 있어?"

"일본인은 30년쯤 전에는 일억총중류[2]라는 의식을 가지고 있었

---

2 一億総中流, 거품 경제 시대의 일본에서는 모두가 평범한 중산층이라는 뜻이다.

지만, 지금은 하류층 노인 시대니까 나처럼 돈 없는 고령자가 쓴 일에 관한 책은 나름대로 와 닿는 점이 있지 않을까 싶어."

"상당히 낙관적이네."

토목 관련 작업기사에게 턱으로 지시받거나 운전자에게 부당하게 매도당하는 경우도 있지만 참아야만 할 때도 많다. 그런 경험 때문에 자조적으로 안전유도원 일을 받아들였을지도 모른다.

아내의 근심이 타당한지 내 추측이 빗나갔는지는 별도로 치고 '안전유도원의 생활과 의견'은 기록물로 따졌을 때 부족함 없이 쓰였다고 생각한다. 이 책을 쓰는 데 있어서 내 자세는 '진실을 말하라'[3]라는 것이었다.

가스관 공사 회사를 전담하는 젊은 동료가 "안전유도원 일에 대해 쓸 게 있어요? 우선 재미있는 이야기가 없잖아요"라고 의문을 드러냈지만, 나는 이렇게 답했다.

"그게 말이지 엄청 많아. 왜냐면 안전유도원은 일반적으로 의뢰처도 현장도 동료 안전유도원도 매일 다르거든. 동네 주민이나 기사도 다양한 사람이 있지. 연령도 다르고 다양한 가치관을 가진 사람이 모이는 곳에는 드라마가 생기는 법이야. 난 그걸 직접 체험하고, 보고, 들었으니 재미없을 리가 없잖아"라고 말이다.

---

3 안전유도원 일이 힘들다고 아무리 소리쳐도 다른 이에게는 와 닿지 않을 테다. 하지만 불꽃놀이가 안전유도원으로 8시간 가까이 무거운 핸드마이크를 한 손에 들고 안내 정보를 계속 알렸다는 걸 쓰면 누구든 안전유도원 일의 고단함을 이해해주지 않을까.

일기 형식[4]인 본문의 전 항목은 모두 내 경험을 바탕으로 하고 있다. 몸과 마음이 더불어 만신창이가 되면서도 고군분투한 이야기도 있거니와 우스운 이야기나 심각한 이야기도 있다. 동료도, 안전유도원 세계의 지식이 전혀 없는 사람도 일독하여 무언가를 느낀다면 더할 나위 없을 테다. 더구나 재미있게 읽어준다면 더욱 기쁠 것이다.

---

[4] 본서는 정확하게는 일기가 아니다. 그렇다고 해서 소설도 아니다. 일기 형식을 도입한 안전유도원의 다큐멘터리이다. 27개의 모든 항목은 주제에 따라 분류했다. 독자님들이 흥미를 가져주기를 바라며 재미있게 읽을 수 있도록 생각해낸 것이기도 하다.

차례

들어가며 - '가장 밑바닥 직업'의 실태

제 1장 안전유도원의 다난한 일상

제 2장 안전유도원의 기쁨과 슬픔, 때때로 차오르는 분노

제 3장 애를 써도 좋아할 수 없는 사람

제 4장 일 잘하는 안전유도원, 일 못하는 안전유도원

안전유도원의 다난한 일상

화장실 청소
「 경비업법 위반을 대원에게 강요하는 대장의 약점 」

오늘은 도쿄도내 고탄다역 근처의 대규모 아파트 수리 현장에 나와 있다. 왜 가시와시에 사는 사람의 일터가 멀리 떨어진 고탄다 란 말인가, 라고 속으로 투덜투덜 불평을 부리면서 아파트 입구 부근에 설치된 조립식 컨테이너 작업기사 대기실로 들어갔다. 작업 시작 시간인 8시가 되기 25분 전이었다.

대기실 앞에는 대장[1]으로 보이는 남자가 이미 안전유도원 작업 복으로 갈아입고 파이프 의자에 털썩 앉아 있었다. 나이는 예순 전 후쯤 되려나. 얼굴은 네모나고 낯빛은 당연히 까맸다(나중에 알게

---

[1]   안전유도원 수가 많은 현장이나 장기 공사 현장에는 경비회사가 정한 대장이 있다. 소규모 현장에서는 그
     중에서 대강이나마 책임자를 정한다. 대장이라고 해도 책임만 무거울 뿐 일당은 일반 대원과 다를 바 없
     는 사람도 많다.

된 사실에 따르면 간이 좋지 않은 모양이었다). "안녕하세요"라고 인사하는 나에게 시선을 찌릿 보내며 "굼떠가지고. 신규기록지[2]를 써야 한단 말이야"라고 딴지를 걸었다.

순간 심보가 고약해보이는 얼굴이라고 판단한 내 감이 적중한 모양이었다. 대기실에서 재빨리 옷을 다 갈아입고 신규기록지에 필수사항을 써넣고 있으니 젊고 뚱뚱한 사내가 들어왔다. 서른이 조금 넘어보이는 나이에 서글서글한 얼굴을 하고 있었다. 그러자 대장격인 남자가 젊은 사내에게 즉각 말을 걸었다.

"아베, 어제도 올 줄 알았더니 오지도 않고. 좀 쓸쓸했어"라고 간사한 목소리로 말을 걸었다. 그러자 두 사람 주변에 있던 동료 안전유도원 네다섯 사람이 웃음을 와 터뜨렸다.

"가끔은 다른 현장에 가는 것도 재미있어요."

"그런가? 난 이 현장에서 벌써 두 달이나 죽치고 있잖아. 가끔은 다른 현장에 가고 싶긴 해."

"하는 수 없어요. 우메사와 씨는 이 현장에 꼭 필요한 사람이잖아요."

아베가 자연스럽게 치켜세우자 기뻤는지 우메사와라고 불린 남자는 얼굴을 일그러뜨리면서 "그런가? 그래도 일당은 다른 모두랑 같고 책임만 막중하니 짜증날 때도 있어"라고 본심인지 아닌지 알

---

2 대기업이 관할하는 현장에서는 처음 입장하면 소정의 용지에 안전유도원 경험 햇수, 혈액형, 건강 상태, 긴급연락망 등 일신상의 정보를 써야 한다. 그 후 감독이 해당 현장에서의 주의점을 설교하기도 해서 안전유도원이 번거롭게 여기는 때도 있다.

수 없지만 가볍게 말했다. 곧바로 아베가 "조만간 좋은 일이 있지 않을까요?"라고 적당히 상대해주었다.

그날 내 담당은 아파트 D동의 통로 천장 전기 관련 보수 작업과 엘리베이터 앞 타일 교체 작업의 지킴이 역할이었다. 우선 작업기사가 이동하는 데를 따라다니며 접사다리에 올라가서 작업하는 기사와 통로를 지나가는 아파트 주민의 안전을 지킨다. 이 작업은 약 한 시간 만에 끝났다. 이어서 엘리베이터 두 대 앞의 타일을 벗겨서 새 타일로 교체하는 작업의 지킴이[3]를 했다.

엘리베이터 두 대 사이에는 아크릴 같은 반투명 칸막이가 통로 절반 정도를 차지하고 있었다. 더구나 타일공이 작업하고 있어서 한눈에 엘리베이터 두 대의 가동 상황을 내다볼 수 없었다. 나는 타일공의 거의 바로 뒤에 서서 타일공과 주민의 접촉을 막기 위해 "발밑 조심하세요"라고 엘리베이터에 타고 내리는 주민에게 말을 하며 경비를 섰다. 그러던 중에 대장인 우메사와가 둘러보러 왔다.

잠시 타일을 바르는 진행 상황을 보고 있던 우메사와는 엘리베이터가 위층에서 1층으로 내려온다는 사실을 알아차렸다. 자전거를 끌어안은 아주머니가 타고 있어서 우메사와가 다급히 손을 뻗어 자전거를 받아든 순간 미끄러져서 갓 붙인 타일 일고여덟 장을 주르륵 흩트리고 말았다.

---

3 가스관이나 수도관을 교체할 때 도로에 깊은 구멍을 파는 경우가 자주 있어서 거기로 아이가 떨어지는 사고도 발생한다. 또는 아파트 수리에 이용되는 비계에 5층까지 올라가서 노는 소년이 있기도 했다. 지킴이도 중요한 일이다.

"아, 사고쳤다" 하고 소리를 높인 것은 우메사와가 아니라 타일 공이었다.

우메사와는 별달리 머쓱한 표정을 짓지도, 타일공에게 사과를 하지도 않고 얼른 현장에서 멀어져갔다. 타일공은 접착제로 더럽혀져 사용할 수 없게 된 타일을 교체하면서 "하필이면 안전유도원 이라는 사람이……!"라고 큰 소리로 하소연하고 있었다.

이게 만약 내가 저지른 실수였다면 우메사와는 "그냥 집에나 가!"라고 고래고래 소리를 지르며 격노했을 게 조만간 이야기할 에피소드를 봐도 뻔하다. 하지만 자신이 실수를 해놓고 작업기사 에게 사과의 말 한마디 하지 않는 안전유도원은 그리 없다.

타일공이 엘리베이터 두 대 앞 절반 정도 되는 공간에 트래픽콘 을 둘러 세우고서 타일을 꼼꼼하 게 붙이고 우선은 작업을 마쳤다. 하지만 타일이 안착할 때까지 나 는 주민이 실수로 울타리 안에 들 어가지 않도록 잠시 그 자리를 지 켜야 했다.

엘리베이터에 타는 주민은 반 투명한 칸막이가 있고 더구나 울타리 안에 들어갈 수 없으니 엘리베이터 두 대가 정지된 층을 확인하기 위해 움직여야만 했다. 엘리베이터 두 대 사이에 위치한 나는 양쪽을 내다볼 수 있어서 "오른쪽 엘리베이터가 (1층에) 멈춰 있습니다"라고 가르쳐줄 수 있었다. 그렇게 해야 하나 생각한 순간이었다.

엘리베이터 앞에 와서 좌우를 확인하는 두 사람 중 30대로 보이는 한 사람이 나를 향해 큰 소리로 으름장을 놓기 시작했다.

"당신, 안전유도원이라면 어느 엘리베이터가 멈춰 있는지 가르쳐줘야 하는 거 아냐? 우리 돈으로 경비를 서고 있으면서!"

마치 건달 같은 말투와 행동을 보였다. 이런 족속에게 반론하면 불에 기름을 끼얹은 격이 된다. 그렇다고 "죄송합니다"라고도 말하고 싶지 않았다. 엘리베이터 안내원을 하러 온 게 아니다. 무시하고 있으니 남자는 내려온 엘리베이터를 타고 갔다. 하지만 실랑이를 벌이러 온 게 아니라서 그 이후에는 엘리베이터 안내원을 흉내 내기로 했다.

엘리베이터 앞에 있는 나한테 무전기를 가지고 아베가 왔다. 나는 그만 아베가 젊어서 편하다는 생각에 조금 전 이야기를 했다. 다소 동정하며 웃픈 이야기로 들어주기를 바랐다.

"그래서 진짜 난처했네요. 당신한테 월급 받고 있는 건 아니라고 한마디 정도 해주고 싶은 기분이었어요.. 하하하."

그러자 아베는 싱긋 웃지도 않고 "여긴 말 많은 사람이 많으니 주민과 실랑이[4]는 벌이지 마세요"라고 했다. 그 말이 전적으로 맞아서 나도 "네. 그렇긴 하죠"라고 대답하는 수밖에 없었다.

이 건은 이걸로 끝난 셈이었다. 10시에 휴식이라서 대기소에 갔더니 우메사와가 내 얼굴을 보자마자 무서운 표정을 하고 "주민이랑 트러블이 일어나면 용서 안 해. 뭐 하는 짓이야. 실랑이는 곤란하다고"라고 큰 소리를 냈다.

내 이야기를 들은 아베가 무전으로 즉시 그 자리에서 바로 우메사와에게 보고한 게 틀림없었다. 대기소에서 아침에 나눴던 대화를 떠올리면 우메사와와 아베의 관계를 잘 알 수 있다. 우메사와는 아무래도 자신의 의견을 존중해서 움직여주는 아베가 너무나도 예뻐보일 테다. 그걸 모르고 괜한 소리를 했던 내가 바보였고 아베를 미워해봤자 소용없었다. 그건 그렇고 근무를 시작한 지 두 시간도 지나지 않았는데 오늘은 불쾌한 일뿐이다.

사건이 일어난 건 그로부터 몇 시간 후인 오후 2시 무렵이었다. 무전기를 가지고 있지 않은 나의 휴대폰에 우메사와로부터 '안전유도원 작업복을 벗고 사복 차림으로 얼른 작업기사 화장실로 오라'고 호출이 들어왔다.

왜 사복인지 의아하게 여겼지만 얼른 사복으로 갈아입고 화장

---

4   예전에 단독주택 공사 현장에서 전날까지 트럭믹서가 들어온다는 안내가 없었다고 이웃이 감독에게 항의해서 몇 번인가 공사를 방해받는 걸 목격했다. 또한 탐탁지 않은 일이 있으면 바로 경찰을 부르는 사람도 있어서 감독은 이웃 주민을 늘 신경 썼다.

실로 달려갔다. 이곳 화장실은 건설 현장에 흔히 있는 이동식 가설 화장실이 아니라 칸막이 화장실 세 개에 소변기가 다섯 개가 있는 본격적인 가설 화장실이었다.

이미 우메사와와 안전유도원 복장인 대원 한 사람이 기다리고 있었다. 우메사와는 우리를 향해 가설 화장실 베니어벽을 유도등으로 가리키면서 청소하라고 했다. 벽은 깨끗했다. 칸막이 화장실을 들여다보니 변기 하나가 꽤 심하게 더러웠다.

'아하, 안전유도원 작업복을 입고 있는데 청소를 시키면 경비업법[5] 위반이니 사복으로 갈아입게 한 거였군. 내가 선의로 화장실 청소를 한 걸로 치고 싶은 거네' 하고 내 나름대로 생각했다.

'웃기지 말라고 그래'라고 생각했지만 그 자리에서는 불만을 참고 15분 정도 만에 청소를 마쳤다. 이동한 우메사와에게 휴대 전화로 끝났다고 보고했다. 그러자 우메사와가 "수고했어"라는 말 한마디 없이 "얼른 작업복으로 갈아입고 어디어디에 갈 것"이라고 명령했다.

'아, 그러세요? 그렇게 나오시겠다는 겁니까?'

순간 나는 "당신에 대해 회사에 통보할 겁니다"라고 말했다. 잠시 뜸을 들이고 우메사와의 목소리가 들렸다.

---

[5] 일본의 도로안전유도원 업무는 경비업법 제2조 2호에 '사람 혹은 차량이 혼잡한 장소에 있어서 부상 등의 사고 발생을 경계하고 방지하는 업무'라고 정의되어 있다. 따라서 안전유도원에게 이 이상의 업무를 강요하면 경비업법 위반이 될지도 모른다. 내 동료는 현장 도로 청소(70~80미터)를 대장에게 명령받고 '경비업법 위반'이라며 거부해서 이튿날부터 그 현장 근무에서 제외됐다.

"대체 뭘 통보하겠다는 건데?"

"알잖아요. 난 안전유도원이지 화장실 청소부로 고용된 게 아니거든요?"

"뭐라고? 통보하려면 하든지!"

"네. 알겠습니다. 그렇게 하도록 하죠."

그대로 돌아가면 업무 방치가 되기에 작업복으로 갈아입고 지정된 장소로 가니 놀랍게도 우메사와가 기다리고 있었다. "미안, 미안해. 면목이 없어"라고 비굴할 만큼 저자세로 사과해왔다. 분명 나는 뾰로통한 표정을 짓고 있었을 테다. 하지만 우메사와의 비굴한 태도를 보는 동안 조금 전의 분노가 사르르 녹았다. '회사에 통보한다'고 말했으나 본심은 이 건을 큰일로 만들 생각이 없었다. 왠지 어처구니가 없었다. 이해해주면 그걸로 충분했다.

이렇게 오랫동안 동일한 현장에서 일하는 경우 대장격인 안전유도원은 일터에 부합할 만한 행동을 하기 마련이다.

예전에 나갔던 대규모 단지 수리 현장에서 무거운 발판의 조립 파이프를 해체해서 운반하게 한 적이 있다. 비가 온 이튿날이라서 갓 세탁한 작업복은 바로 진흙으로 더럽혀져 버렸다. 이런 작업은 그야말로 상주 안전유도원의 '이걸 하면 작업기사들이 기뻐하겠지' 하는 촌탁[6]이었다. 이런 짓을 하다가 사고라도 나면 대체 누가

---

6   업자나 기사의 심기를 살피는 게 나쁜 건 아니다. 하지만 그게 지나치면 안전유도원의 누군가가 희생해야 해서 문제가 된다. 간판이나 트래픽콘 설치마저 본래는 안전유도원의 일이 아니지만 작업기사의 일을 덜어주겠다는 이유로 하게 될 때도 있다.

책임을 질까. 아무도 부탁하지 않은 괜한 짓을 한 안전유도원 본인의 책임이 될 것이 틀림없다.

　나중에 알게 된 사실이지만 우메사와는 집에 사정이 있어서 회사 기숙사에 들어와 있었다. 이건 어디까지나 내 억측이지만, 그렇게 간단히 굽힌 것은 정말 고발당해 회사로부터 책임을 추궁당하는 게 두려웠기 때문이 아닐까. 하여간 피곤한 하루였다.

통행금지

「 안전유도원은 지장보살이 아니다 」

　도로안전유도원의 일 중에는 통행금지 보초[1]가 상당히 많다. 공사 현장에 차가 지나가지 않도록 떨어진 장소에 '차량 통행금지' 간판을 세우고 그 옆에 서 있는 안전유도원이 진입하려고 하는 차를 세워 우회하게 한다. 물론 주민의 차나 배달 오토바이, 영업용 차는 편의를 고려해야 한다.

　언뜻 간단해보이지만 교통량이 많은 장소에서는 나름대로 신경을 쓴다. 주민의 차에 실례되는 지시를 하면 클레임이 발생한다.

---

[1]　보초는 그냥 서 있기만 하면 되니 간단하다고 생각하는 건 잘못되었다. 통행금지 간판을 세워두면 우회로를 정확하게 운전자에게 설명해야만 한다. 통행금지 구역에 들어가려고 하는 차는 모두 세우고 주민의 차나 영업용 차가 제대로 빠져나가는지를 가려내서 적절하게 대응해야 한다. 주민의 차가 드나드는 일이 많은 장소에서는 같은 차를 몇 번이나 세워서 확인하면 반감을 사는 경우도 있으니 번호를 기록해놓는 것도 중요하다.

공사 업자인 감독[2]은 이것을 상당히 두려워한다. 운전자와 트러블이 발생해서 공사가 중지되기라도 하면 손해도 막심하다. 안전유도원이 주민이나 운전자 등에게 몹시 정중한 것도 그 때문이다.

내가 경험한 통행금지 보초 일 가운데 잊을 수 없는 일이 있다. 지바현 이치카와시의 건설 현장에서 있었던 일이다.

지방도에서 조금 들어가 평행으로 달리는 100미터 이상의 길 하나를 막았다. 높낮이 차이(15미터 정도)가 있었고, 더구나 완만하게 커브를 틀고 있어서 안전유도원끼리는 상대의 통행금지 장소를 한눈에 볼 수 없었다. 본래라면 무전기가 필요한 장소이다. 안전유도원이 두 명밖에 없었기 때문이기도 했다. 이래서는 휴식을 취하는 것조차 만만치 않았다.

단독주택 건축에 목재 등의 자재 반입과 상량을 위한 대형 크레인이 도로를 막을 수밖에 없었다. 다른 차는 지나다닐 수 없었다. 지나갈 수 있는 건 보행자, 자전거, 오토바이 정도였다.

내 파트너는 오토바이로 현장에 온 서른쯤 되는 청년이었다. 이 청년 사카키바라는 인사에도 제대로 대꾸하지 않는 인물로, 작업복을 갈아입기 전에 "가시와 씨, 위에서 통행금지 잘 부탁해요"라고 말했다. 이미 내가 오기 전에 오토바이로 간판 설치 장소를 다

---

2 감독의 인격에 따라 안전유도원의 부담감이나 기분도 크게 달라진다. 건물 자재 반입 현장에서 크레인이 돌아가서 아무 할 일도 없어진 안전유도원을 돌려보내지 않던 감독이 있었다. "그렇게 빨리 퇴근하고 싶어?"라고 얄밉게 말해서 안전유도원에게는 평판이 나빴다.

확인하고 온 듯했다. 그건 괜찮지만 문제는 우회로였다.

아래쪽 통행금지 간판 설치 장소에서 15미터 정도 떨어진 장소에 샛길이 있었지만 그 길은 좁았다. 폭의 대부분이 차 두 대가 엇갈려 지나갈 수 없었다. 두 대가 맞닥뜨리면 어느 한 쪽이 지나갈 수 있는 장소까지 후진해서 돌아가는 수밖에 없었다. 또 하나의 우회로는 그 샛길보다 멀리 떨어져 있어서 빙 돌아가야 하므로 길을 잘 아는 근처 주민이나 택시는 아무도 가고 싶어 하지 않았다. 고개 아래에 있는 안전유도원은 지나가는 차에 통행금지와 두 가지 우회로를 알려야만 했다.

운전자 중에는 통행금지를 하는 이유가 개인 주택을 건축하기 위해서라는 말을 듣고 화를 내는 사람도 있었다. 가스나 수도와 같은 공공성이 높은 공사라면 참겠지만 어째서 한 개인의 주택을 건축하는 데 이런 불편을 강요하는가 하는 것이다. 물론 경찰로부터 사전에 도로 사용을 허가받았지만 운전자와는 관계가 없다. 그 분노의 화살은 모두 안전유도원에게 향한다. "장난하는 것도 아니고"라는 위협을 받는다. 그리고 운전자 중에는 '도로사용허가증을 받았는가' '안전유도원이 적다' 등 사정에 밝은 사람도 있어서 일하기 힘들었다. 오전 9시부터 통행금지가 시작되어 점심이 가까워져도 화장실에 못 갔다. 그 정도로 빈번하게 차가 지나다녔다.

고개 위쪽 통행금지 장소에서는 정면과 좌측에서 진입하는 차를 오른쪽의 고개 아래로 통하는 길로 보낸다. 그때 샛길에서 올라

온 차와 조금 넓은 공간에서 맞닥뜨려 정체되는 일도 종종 있다. 그렇게 되면 도로 유도가 필요해서 때로 운전자를 후진시키는 등 이보다 번거로운 일도 없다. 즉 고개 위에 있든 아래에 있든 안전 유도원이 울며 겨자 먹기로 지켜야 하는 장소이다.

오후 1시 전 고개 아래에 있던 사카키바라가 오토바이를 타고 부르릉 하는 폭음을 내더니 내 쪽으로 왔다.

"장소 교대해요. 밑에서 꼭 차를 세우고 우회하는 길로 안내해줄 래요?"라고 말했다. 고개 아래에서 운전자가 불평을 많이 부려서 진절머리가 난 듯했다. 그에 비해 고개 위는 왠지 모르게 수월해보 였던 것 같다.

나는 아무래도 상관없어서 고개 아래로 이동했는데 잠시 후에 경찰차가 오고 현장감독이 나를 부르러 왔다. 아무래도 운전자가 우리 두 사람이 장소를 교대하기 전에 아래쪽에 안전유도원이 아 무도 없다는 사실에 화가 나서 경찰에 신고한 모양이었다. "우회로 를 물으려고 해도 아무도 없잖아요"라는 것이었다.

사카키바라는 고개 위로 교대를 하러 오기 전에 감독에게 아무 말 없이 대기 장소에서 이탈해 점심 휴식을 취했던 모양이다. 쉰쯤 되는 감독이 "그럴 때는 나한테 말해주면 교대하러 왔을 텐데"라 고 나를 비난하면서 경찰관에게 해명했다. 내가 한 짓이 아니라고 말해봐야 아무 의미가 없어서 "휴, 앞으로 조심할게요"라고 사과하는 수밖에 없었다. 경찰은 사정을 듣고 얼른 물러났다.

고개 위에 있었을 때는 운전자에게 "이렇게 좁은 길로 다니게 하고"라는 불평을 들었지만, 아래에서는 우회로를 싫어하는 택시나 상황을 이미 충분히 아는 주민이 좁은 지름길을 계속 지나갔다.

두 시간 정도 지나자 사카키바라가 오토바이를 타고 아래로 내려왔다. 확실히 둘러가도록 말하고 있는지 확인했다. "차를 전부 다 세워서 설명하고 있지만 마음대로 지름길로 가는 차는 세울 수가 없어요"라고 하니 사카키바라는 불만스럽게 돌아갔다. 분명 위에서도 좁은 길을 지나온 운전자에게 불만을 듣고 참을 수 없어진 모양이다. 화장실은 현장의 간이 화장실에서 딱 한 번 볼일을 해결했지만, 결국 정시인 5시까지 점심식사는 할 수 없었다.

경비신고서[3]에 감독의 사인을 받기 위해 필요한 기입 사항을 쓰고 있는데 옆으로 온 사카키바라가 "점심 잔업 30분(650엔 정도) 받아요"라고 말했다. "흠, 난 1시간인데"라고 사카키바라에게 비꼬아서 말해보았다. 아무래도 자신밖에 모르는 녀석이다. "가시와 씨는 점심 먹었어요?" 정도도 말 못하는 건가.

사인을 받으러 감독이 있는 곳으로 간 김에 나는 한마디 하고 싶어졌다.

---

3 대장 혹은 대장격인 안전유도원이 당일에 참가한 안전유도원의 이름, 잔업, 특기사항의 유무 등을 기입한 보고서로, 감독이나 책임자의 사인을 받아 회사에 제출해야 한다. 평소에는 서두르지 않지만 회사에 당일 제출해야만 하는 클라이언트도 있다.

"내가 안전유도원으로 일해 온 동안에 이렇게 불평불만이 많은 현장은 처음이었어요. 정말 난감하네요."

그러자 감독이 표정을 바꾸지 않고 "지장보살처럼 가만히 고개를 숙이면 되는 거 아니야?"라고 무신경한 소리를 했다. 정말이지 안전유도원을 뭐라고 생각하는 건가.

본래 안전유도원이 네 명은 필요한 장소를 경비를 절약하기 위해서인지 둘이서 돌리고서 그렇게 말하는 건 좀 아니지 않은가. 그게 내 솔직한 심정이었다. 설령 입에 발린 말이라도 "수고했어. 다음에는 안전유도원을 늘려야겠군"이라는 말 정도 해주는 배려심은 없는 걸까. 이튿날에도 안전유도원 일을 부탁받았지만 끝까지 가고 싶지 않은 현장이었다.

안전유도원 수난기를 하나 더 말하고 싶다. 배 농원이 여기저기 흩어져 있는 지바현 어느 마을에서 경비를 하다가 일어난 이야기다. 나는 공사 현장에서 60~70미터 떨어진 장소에 차량 통행금지 간판을 설치했다. 눈앞은 아무 특별할 것도 없는 폭 4~5미터 되는 생활도로였다. 다만 차가 엇갈려 지나가기에는 폭이 좁은 장소도 있거니와 아슬아슬하게 통과할 수 있는 장소도 있는, 폭이 일정하지 않은 도로였다. 내가 선 장소에서 우측에는 약 10미터 앞에 갈림길이 있었고 좌측으로는 조금 가면 마트가 있었다. 그래서 그런대로 차 통행량이 있었다. T자로 모퉁이에 간판을 세웠고, 그 옆에는 배 가판대 두세 개를 설치할 수 있는 주차장이 있었다.

내 역할은 공사 현장에 차를 통과시키지 않는 것이지만, 그 앞에 펼쳐진 주택지에서 드나드는 차는 무조건 통과시켜야 했다. 하지만 일반적으로는 손쉬운 현장이었다. 따스하게 햇빛이 쏟아지면 꾸벅꾸벅 졸 것 같았다.[4]

처음 간판을 세운 날 건너편 집에 사는 일흔을 넘긴 노인이 나와서 나한테 이렇게 말했다.

"여긴 의외로 힘든 장소여. 하루에 몇 번인가 복작거렸던 만큼 당신도 죽어나겠군."

'흠, 그런가' 하고 흘려들었지만 슬슬 일이 끝날 저녁 무렵에 노인의 말은 현실이 되었다. 여성 운전자끼리 길 중앙에서 맞닥뜨려 서로 양보하지 않고 꾸물대는 동안에 각각의 뒤로 차량이 눈 깜짝할 사이에 막혀서 꼼짝도 못하게 되었다.

나한테 교통정리를 할 권한은 없다. 내가 할 수 있는 건 어디까지나 도로 사용 허가를 받은 장소에서 교통을 유도하고 부탁하는 일뿐이다. 눈앞에 차가 밀려 있다고 해서 마음대로 교통정리를 하다가 접촉사고라도 나면 당연히 내가 책임을 져야 한다.

지금 상황을 내 멋대로 정리했다간 운전자가 자신의 책임은 나 몰라라 하고 "안전유도원이 유도했으니까"라며 책임을 회피할 게

---

4 점심을 배불리 먹었거나 야근한 다음 날에는 아무리 애를 써도 잠이 쏟아질 때가 있다. 껌을 씹으면 안 돼서 은단을 입에 물고 잠을 참기도 한다. 잠을 깨는 데는 교통량이 많은 도로의 한 차선 교대통행이 효과적이다. 오히려 차가 띄엄띄엄 이어지면 긴장감이 느슨해져 꾸벅꾸벅 졸 수 있어서 위험하다.

눈에 선했다. 하지만 이러지도 저러지도 못하게 된 상황을 보고 나는 그만 유도등을 들고는 교통 지도를 시작했다. 모퉁이에 배 가판대가 자리한 주차장이 있어서 내가 움직이면 어떻게든 정체되는 상황은 해소할 수 있을 터였다. 그러자 뒤차 운전자로부터 생각지도 못한 욕설이 날아왔다.

"더 앞으로 가서 교통정리를 했더라면 이렇게 안 밀렸을 거잖아. 이 멍청한 자식아!"

선의로 한 일이 부정당하는 것만큼 속상한 일도 없다.

너무 속상해서 어느 베테랑 안전유도원에게 조언을 구하자 그럴 때는 간판에 숨어 있으면 된다는 소리를 들었다. 곧장 이튿날부터 모르는 척하기로 다짐했다. 그러자 아니나 다를까 점심 무렵이 되어 어제와 마찬가지로 혼잡한 상황이 찾아왔다.

간판 뒤에 서 있자 "이봐! 당신 뭐 하는 거야!" 하고 운전자의 고함소리가 날아들었다. 다른 운전자도 동조해서 소리를 질러가며 나를 비난했다. 하는 수 없이 "저는 이 도로를 교통정리할 권한이 없습니다. 교통정리를 하고 싶어도 못 합니다!"라고 대꾸하자 비난하는 소리가 멎었다. 하지만 뒷맛이 더할 나위 없이 개운하지 않았다.

이튿날부터는 붐비겠다 싶으면 괜찮은지 괜찮지 않은지 모르지만 도로에는 나가지 않고 사전에 운전자에게 유도등으로 사인을 보내 혼잡한 상황을 피하는 데 힘쓰는 수밖에 없었다.

현임교육[5]을 받을 때 전직 경찰서장인 지도 교관[6]에게 내 경험을 이야기하자 "그런 상황에서는 안전유도원의 권한을 운전자에게 공손하게 설명하는 수밖에 없네요"라고 했지만, 현장에서는 그렇게 침착하게 대화를 주고받을 수 없는 게 현실이다. 이게 바로 통행금지 보초를 설 때 겪었던 쓰린 일이다.

5 　일본의 안전유도원은 현직일 때 반년마다 8시간 이상의 교육을 받아야 할 의무가 있다. 법률이 개정되면서 동반되는 신지식을 습득하거나 안전유도원의 질적 향상을 목적으로 하고 있다. 대개 일요일에 실시되며 7000~8000엔 전후의 수당과 도시락이 지급된다.

6 　일본에서는 안전유도원 지도 교육 책임자라는 국가자격증을 소유한 사람이 아니면 안전유도원을 교육할 수 없다. 1호 안전유도원에서 4호 안전유도원까지 저마다 전문성을 높이기 위해 각 분야별로 자격증을 가지고 있다.

여장부

「 남자 못지않은 그녀의 드센 파워 」

도로안전유도원의 일터는 기본적으로 야외다. 그래서 피부가 금방 탄다. 그런 의미에서 여성에게 있어서 괴로운 직장 환경이다. 여성이 적은 것도 수긍이 간다. 더구나 젊은 여성은 더 적다. 젊은 여성이라면 안전유도원이 되지 않더라도 편의점이나 음식점 등 가리지만 않는다면 일할 곳이 없지는 않다. 따라서 안전유도원 세계에 발 딛는 여성은 중년 이상이 대부분이다.

그중에는 남성 못지않게 대장부, 아니 여장부가 있다. 내가 아는 여성 중에 어마어마한 여장부가 있었다. 그 여성과 처음 같은 현장에서 일을 한 것은 하루미에서 열린 박람회[1]의 안전유도원이었을

---

1   하루미나 마쿠하리 등에서는 다양한 박람회가 개최된다. 이틀간 10만 명의 인파가 몰려든다. 코믹마켓

때였다. 하지만 안전유도원의 배치 장소가 달라서 그녀와 함께 일하게 된 건 아침 집합 장소에서 15분 정도였다.

같은 지사의 안전유도원 십여 명 정도가 하루미의 큰길가에 집합했다. 일을 시작하기에는 아직 시간적 여유가 있어서 담배를 피우는 이도 있거니와 아는 사이와 잡담을 나누는 이, 옷을 갈아입느라 바쁜 이도 있어서 술렁이고 있는데 그중에서 단연 돋보인 게 그녀였다.

키는 160센티미터 정도였고 체중은 족히 100킬로그램은 넘어 보였다. 얼굴이 호빵처럼 둥글고 올백한 갈색 머리에 LL사이즈 작업복을 입었는데, 허리둘레가 상당히 두꺼워서 달리기 시작하면 배가 출렁일 듯했다. 그녀는 담배를 피우면서 코에서 연기를 뿜어내며 굵직하고 탁한 목소리로 주위를 압도하는 듯한 큰 소리로 떠들어 대고 있었다.

나도 남자 못지않은 여성을 몇이나 알고 있었지만, 거구라는 육체적인 존재감까지 더해진 그녀는 특히나 눈에 띄었다. 또한 말발도 센 여자였다. 그 내용도 저급했다.

"이 몸이 말이야. 예전에 38만 엔 지폐다발이 든 봉투를 주은 적 있는데, 그날 밤에 근처에 제일 비싼 고깃집에 가서 진짜 배가 터져라 먹었지 뭐야. 맛이 죽여줬는데."

자신을 '이 몸'이라고 칭하는 여성은 그리 많지 않다. 그 사실에

같은 인기 이벤트에서는 안전유도원이 각 회사마다 다수가 모여 이른 아침부터 12시간 근무하기도 한다.

놀라워하고 있는데 그녀의 이야기에 귀를 기울이고 있던 동료 안전유도원이 "어이, 그거 범죄야. 습득물은 경찰에 안 가져다주면 무슨무슨 법이라고 했던가 하는 법률에 걸린다고"라며 장난스러운 말투로 그녀를 나무랐다. 분명 그런 짓을 하면 점유 이탈물 횡령죄(상황에 따라서는 절도죄)가 성립된다.

그녀는 안색이 바뀌기는커녕 가벼운 말투로 그 남자의 말에 콧방귀를 뀌었다.

"웃기시네. 그런 당신이 38만 엔을 주우면 어쩔 건데? 그런 행동을 할 수 있는 사람은 애거나 부자뿐일걸? 자기 일 아니라고 착한 척하기는. 짜증나게."

주위에 쓴웃음과 부러워하는 표정이 퍼졌다. 나는 그녀의 이름도 몰랐지만, 세상에는 이런 여자도 있구나 하고 묘하게 감탄했다.

그녀와는 그로부터 한 달 정도 있다가 아다치구의 현장에서 같이 일을 하게 되었다. 대형 마트 앞에서 하는 점포 공사였다. 안전유도원은 다섯 명이었고, 집합 장소인 세븐일레븐 앞에 작업 개시 30분 전에 도착하니 이미 다른 멤버가 모여 있었다.

얼굴을 아는 부부와 시부야와 그녀가 있었다. 시부야와는 스태프로 이미 대여섯 번 정도 안전 유도 일을 함께해서 나름대로 격의가 없었다. 그는 꽤 지식인인 데다 요리에 대해 잘 알았다. 무슨 일에든 지식을 선보이는 게 그의 스타일로 초연한 인격에도 호감이

갔다. 그렇다고 해도 딱히 사내답지는 않았고 55세 정도에 빼빼 마른, 어디에나 있을 법한 초로의 남성이었다.

내가 옷을 갈아입고 있으니 옆에 있던 시부야가 담배를 피우면서 멤버인 그녀에게 불만을 토로하고 있었다. 그로서는 흔치 않게 거친 말투를 쓰고 있었다.

"어이, 도나, 네 아들놈은 구제불능이야. 아침 댓바람부터 질질 짜기나 하고. 열 살이나 먹어서 시끄럽다고."

'도나'라고 불린 그녀는 시부야의 말을 무시하고 다른 쪽을 보고 있었다. 시부야는 사람들이 옆에 있는 것도 신경 쓰는 기색 없이 더더욱 이런 말을 했다.

"요전번에 빌린 15만 엔은 언제 갚을 건데? 인내심에도 한계가 있다고."

마침내 그녀가 입을 열었다. "알고 있거든? 이번에 월급 들어오면 5만 엔 갚을게."

"빌릴 때랑 이야기가 다르잖아."

글로 쓰니 시부야가 위협하듯 보이지만, 실제로는 담담히 말하고 있었다. 그게 시부야의 캐릭터였다.

내 머릿속은 '???'였다. 왜 시부야는 도나라고 부르는 그녀의 아들까지 알고 있을까. 두 사람은 아주 가까이에 살고 있는 걸까? 더구나 돈을 빌려주고 갚기까지 하면서 태연하게 다른 대원들 앞에서 그녀를 반말로 부르고 '돈이나 갚으라'고 재촉하고 있었다. 도

나는 아주 유심히 보면 마흔을 이제 막 앞두고 있다고 해야 할까.

'이 두 사람 뭐지?'라는 게 솔직한 내 궁금증이었다. 여기서 시부 야에게 두 사람의 관계를 물을 수는 없었다. 바로 작업에 들어갔는 데 내 담당 장소는 공사 현장 도로 앞 대형 주차장이었고 드나드는 차를 유도하는 것이 주된 일이었다.

1시간 반 정도 지나서 도로 공사 일대 좌우에서 한 차선 교대통 행[2] 안전 유도를 하던 도나와 교대하게 되었다. 교통량이 상당하 고 공사 현장 근처에 주차장도 몇 군데 있어서 그리 호락호락한 장 소가 아니었다.

달려오는 나를 보고 도나는 크고 쉰 목소리로 "당신 한 차선 교

---

2   이게 불가능하면 도로안전유도원이라고 할 수 없다. 보통은 둘이서 번갈아 차를 보낸다. 간단한 것처럼 보이지만 도로 상황이나 교통량에 따라 난이도가 확 달라진다. 이 작업을 버거워하는 유도원도 많다.

대통행 할 수 있겠어? 여긴 어렵다고!"라고 외쳤다. 5월인데 온 얼굴에 땀을 뻘뻘 흘리고 있었다. 온몸을 총 동원해서 유도등을 휘두르는 모습이 마치 춤추는 인형탈 같았다.

타고나길 까무잡잡한 데다 햇볕에 탄 피부가 땀범벅이 되어, 보기에도 안쓰러웠다. 그녀는 일본인인 것치고는 꽤 거구였다. 주변 공기까지 함께 움직이고 있는 듯했다. 과장된 몸짓으로 "피곤해 죽겠어!"라고 큰 소리로 외치더니 휴식에 들어가 내 눈앞에서 사라졌다. 참으로 고상함과 거리가 먼 여자였다. 대답할 마음도 들지 않았다.

그로부터 보름 후 나는 개인적으로 지인을 만나기 위해 도쿄로 갈 일이 생겼다. 아침 9시 반에 JR가시와역에 도착하자 개찰구에서 나온 시부야와 딱 마주쳤다. 비가 와서 공사가 중지[3]되었다고 했다. 현장 근처까지 갔다가 겨우 중지 연락을 받은 모양이었다. "어이" 하고 인사를 주고받고 그날의 상황을 서로 이야기한 후에 나는 그 김에 궁금하던 사실을 태연하게 시부야에게 물어보았다.

"시부야 씨는 어떻게 그 여자에 대해서 잘 알아? 자녀에 대해서도 잘 알고 있고. 그 사람이랑 집이 가까워?"

---

3 비가 와서 공사가 중지되는 경우는 많다. 그것도 현장에 도착하고 나서 중지되었다는 사실을 알게 되는 경우도 간혹 있다. 보통은 공사 개시 한 시간 반 전에는 안전유도원에게 연락을 해야만 한다. 대부분의 경비회사는 현장까지 나가도 교통비밖에 주지 않지만, 대기업에서는 일당의 60퍼센트를 보장해주는 곳도 있다고 한다.

그러자 시부야는 웃음기 없이 답했다.

"집을 빌려줬어요."

또다시 내 머릿속이 혼란스러워졌다. "집을 빌려주다니, 대체 무슨 소리야……?"

시부야의 집은 지어진 지 40년 정도 된 대규모 단지에 있고, 4층짜리인데 엘리베이터가 없어서 1, 2층은 1000만 엔 정도 하지만 최고층은 100제곱미터나 되는데도 매매가가 500만 엔 정도였다. 대출을 받아 구입하면 연립주택 월세 이하로 이자를 갚으면 된다.

경제적, 물리적으로는 모자 두 사람 정도라면 살게 해도 괜찮다 싶은 생각도 든다. 그런데 그들에게는 어떤 사정이 있었을까.

"집세를 받고 있어?"

"아뇨, 안 받아요."

이건 또 무슨 소리람. 보통은 이런 관계를 동거라고 부르지 않나? 혹은 단순한 선의의 행동일까.

서서 이야기를 나누고 있는 데다 볼일이 급했던 나는 더 이상 깊이 파고들어 묻기를 삼갔다. 하지만 시부야는 묻지 않았는데도 도나에 대한 불만도 포함해 짜증난다는 투로 나에게 말했다.

그는 그녀가 냉장고에 있는 고급 식재료를 마음대로 먹는다는 둥, 젊은 기둥서방이 있어서 한 주에 한 번씩 아들을 내팽개치고 고기를 선물로 가지고 묵으러 간다는 둥, 도나라는 이름은 인도네시아인 남편의 이름에 맞춘 별명이라는 둥 시시콜콜 이야기했다.

또한 실질적으로는 이혼했지만 서류상 이혼하지 않는 건 남편의 체류 문제가 있어서이고, 그 대신 도나도 남편한테서 달마다 몇 만 엔 정도 되는 돈을 대가로 받고 있었다.

나는 시부야의 입장이 납득이 가지 않았다. 홀가분한 독신이라는 이유로 도나의 부탁을 받아들였으나 실제로 부딪혀보니 불만이 나오기 시작한 걸까. 안전유도원 동료끼리 결혼[4]하거나 동거하는 이야기는 자주 듣지만, 만약 시부야의 이야기대로라면 두 사람의 사이는 도나에게 너무 유리하게만 보였다.

거기까지 듣고 헤어졌다. 조만간 다시 현장에서 만날 확률이 높았지만 얼마 후에 내가 그 경비회사를 관두기도 해서 만날 일은 없었다. 이후 1년 반 정도 지나서 시부야와 수도관 신설 공사 현장에서 재회했다. 내가 소속된 경비회사의 단골과 그 단골의 하청 공사 회사가 합동해서 작업을 할 때 하청 회사가 의뢰한 경비회사의 다섯 명 중 한 명으로 시부야가 있었다.

도나와의 관계가 그 후 어떻게 됐는지 묻고 싶은 마음은 있었지만, 시부야는 내 얼굴을 봐도 모를 리가 없는데 아무 행동도 보이지 않았다. 나도 인사할 타이밍을 놓쳤고 작업 장소도 떨어져 있어서 그길로 일이 끝나고 헤어졌다.

그게 다행이었을지도 모른다. 두 사람에게 좋은 결말이 있으리

---

4 내 동료인 40대 커플은 독신 시절부터 더불어 알고 지냈다. 안전유도원 동료끼리 결혼하면 단순히 생각해도 수입이 배가 되기 때문에 생활은 훨씬 넉넉해지지 않을까. 그리고 부부 안전유도원은 대부분의 경우 같이 현장에 파견되는 일도 많다.

라고는 아무리 생각해도 상상할 수 없었다. 지식인 시부야와 거칠고 남자 관계가 복잡한 도나는 아무리 '제 눈에 안경'이라고 해도 무리가 있다. 또한 이 이상 파고드는 건 촌스럽기도 하고.

돈 이야기
「 안전유도원의 리얼한 주머니 사정 」

지바현 마쓰도시 가네가사쿠의 맨홀 신설 현장에서 통행금지 보초를 서고 있으니 점심 1시 무렵 65세 정도 되는 운동복 차림의 남자가 다가왔다. 술을 마셨는지 얼굴이 시뻘겋다.

그가 "안전유도원 일에 관심이 있소만"이라고 말했다. "지금 무슨 일을 하고 계신가요?"라며 그날은 조금 세상 사는 이야기를 할 수 있을 정도의 여유가 되는 포지션이라서 상대를 하기로 했다.

경비 중이라고 해도 주민을 함부로 대할 수 없다.[1] 어떤 불만을 살지 모른다. 특히 공사가 장기간에 걸친 현장에서는 주민에게 좋

1　아침 9시 무렵, 가스와 수도관 신설 현장 공공도로의 작업 트럭 뒤에서 신문을 펼치고 앉아 읽기 시작한 동네 주민이 있었다. 이런 사람에게도 작업기사는 정중하고 친절하게 말해서 자리를 옮기게 했다.

은 인상을 줄 수 있도록 안전유도원은 신경을 써야 한다. 소음, 진동, 먼지, 차량 통행 등 주민에게 민폐를 끼치고 있어서이다.

"난 말이지, 오타 청과시장 전신인 에바라 시장 때를 포함하면 50년 이상 거기서 일하고 있수. 중학교 졸업 이후부터 말이지. 지금은 예순일곱이고 말이야."

"그렇다면 정년이라는 뜻인가요?"

"아니, 그게 내 경우엔 사장한테서 몇 살까지든지 일해줬으면 한다는 소릴 들었지."

"그렇다면 월급에 불만이라도 있으신가요?"

"그건 없수. 지금 연금은 달마다 18만 엔이 나오고 월급은 한 달에 35만 엔이우. 더구나 보너스가 해마다 두 번 나오고 말이지."

"음, 나이를 봐도 그러면 잘나가는 축이잖아요. 뭔가 불만이라도 있으세요?"

"바로 그 점이야. 지금도 한잔하고 이제 샤워를 하고 자겠지만 밤 10시 반에 차로 출발해서 오타 시장으로 가야 하거든. 이게 최근에는 힘들어졌어. 더구나 일은 무거운 짐을 밤새도록 운반하는 거니 육체적으로 버겁고 말이지. 늘 안전유도원들을 보고 있으면 왠지 꽤 편해보여서 이런 일도 괜찮지 않을까 싶었지."

어쨌거나 시장 일은 중노동에 관계자의 거친 기질 때문에 젊은 사람은 오래 일하지 못하는 모양이었다. 그래서 그처럼 고령자라도 일을 할 수 있는 사람은 단골도 생겨서 고용주로서는 귀중한 전

력인 것이다. 예순일곱이라는 나이에서 보면 그의 불만을 이해 못
하는 것도 아니지만, 현재 그의 상황은 역시 가진 자의 여유에 불
과했다.

"저기 말이에요. 우리가 일당을 얼마나 받고 있는지 아세요? 어
느 경비회사든 일당 9000엔 전후일 거예요. 휴일이나 비가 와서
중지되는 날도 있고, 비교적 일하는 날이 적은 달도 있어요. 그럼
근면, 성실한 사람이라고 치고 평균을 내면 월 18만 엔 정도 월급
이 나온다고 생각하면 되겠죠? 전직해서 지금의 월급 절반을 받게
돼도 만족할 수 있겠어요?"

그러자 그는 "흐음" 하고 생각에 잠겼다. "그건 그렇군. 마누라가
이해 못해줄 거야. 더구나 난 바쁘게 움직여야 하는 체질이거든.
당신은 한가로워 보이기도 하고 말이지[2]"라고 이야기의 화살이 나
에게 돌아왔다.

"안전유도원도 현장에 따라 바쁜 포지션도 있고 한가로운 포지
션도 있어요. 그런데 이야기를 이것저것 들어보면 들어볼수록 체
력이 되는 한 지금의 일을 계속해나가는 걸 추천합니다."

그리 말하니 그는 납득했는지 "이제 자러 가야겠군" 하고 빌라
로 돌아갔다. 나이나 고수입인 것치고는 빌라에서 사는 게 이상했

---

2   나는 UR도시기구 공사 현장에서 하루에 통과하는 트럭을 한 대만 유도한 적이 있다. 그 외의 다른 시간에
는 도로 위에 그저 서 있기만 했다. 그런 일도 있거니와 아스팔트 혼합물을 옮기는 10톤 트럭을 좁은 도
로에서 하루에 장장 30대 정도를 쉬는 시간도 없이 혼자서 유도한 적도 있다. 몸이 편한 것은 전자지만,
일을 충실하게 해냈다는 느낌은 후자가 더하다.

지만 여러 모로 사정이 있을 테다.

    지금까지 내가 일한 경비회사 네 곳에 대해 말하자면 자택에서 현장으로 가는 교통비[3]가 나오지 않는 회사가 한 곳, 70세 이상은 일당이 1000엔 저렴해지는 회사가 한 곳 있었지만 대체로 9000엔 전후로 일당을 지불했다. 그런데도 나는 감사히 여겼지만, 전직 영업사원이었던 동료 하시모토는 "회사가 영업을 해서 우리한테 안전유도원 일을 제공하는 거예요. 불만을 토로하면 벌 받아요"라고 진지한 얼굴을 하고 말했다.

    나한테는 출판편집의 본업도 있어서 지금까지 경비회사와는 모두 아르바이트로 계약을 했다. 사원 계약을 한 안전유도원은 후생연금이나 고용보험료가 공제되기 때문에 상당히 열심히 일해야지만 수중에 남는 게 있다.

    이야기를 되돌리면 야근은 플러스 1000엔, 2급 자격증[4]을 가지고 있으면 1000엔이 수당으로 더 붙는다. 대장 수당은 한 달에 1만 엔, 더구나 연말에는 소소한 성의(나는 2만 5000엔)를 표하는 회

---

3 자택에서 멀고 가까운 것은 관계없이 현장까지의 교통비가 나온다. 하지만 교통비를 주지 않는 회사도 있다. 어째서일까. 이건 다른 경비회사에 대항하고자 신입의 일당을 높게 설정해서이다. 구인구직 신문에서 우선 구직자의 시선이 가는 것은 일당이라서 교통비를 일당으로 돌리고 있는 모양이다. 경험한 바로는 교통비는 한 현장을 오가는 데 평균 1000엔을 조금 넘는 정도가 아닐까 싶다. 교통비가 나오지 않는 회사에서도 일해 봤는데, 현장에 따라서는 하루에 왕복 2000엔 정도 드는 때도 있어서 불만이었다.

4 일본의 국도나 자동차 전용도로에서 안전 유도 업무를 하는 경우 안전유도원 중 반드시 한 사람은 1급 또는 2급 자격증이 필요하다. 시험을 치는 데 제한이 없고 회사에서 취득을 권유받아 시험을 치는 사람이 많다. 실기와 필기시험이 있다. 하지만 2급이 되면 난이도가 높은 현장에 투입되기 십상이라서 이걸 기피하는 안전유도원도 많다.

사도 있다. 하지만 문제가 있는 회사가 한 곳 있었다. 내가 세 번째로 일했던 회사다.

모집 광고에는 다른 회사와 경쟁하느라 일당 1만 엔으로 안전유도원을 모집하고 있었다. 18세 이상이라면 미경험자라도 처음부터 1만 엔이었는데, 회사는 이걸 연수 시 '동료가 물어도 섣부른 소리 하지 마'라고 입막음하고 있었다. 왜냐하면 경력이 10년 이상인 베테랑 경비원이 8000엔이고, 지각만 하고 한 차선 교대통행을 전혀 못하는 아르바이트 여대생[5]이 1만 엔이라는 일당 역전 현상이 일어나서였다.

입막음해도 소용없었다. '타운워크' 등의 광고매체에서 대대적으로 광고를 하고 있으니 대원들이 모를 리가 없었다. 특히 베테랑 대원들의 불만이 쌓여 갔다. 지인 중에 일흔이 넘어 경력이 15년이나 되는 온화한 성격의 어느 안전유도원은 인내심이 한계에 달해 회사 부사장에게 항의했으나, 이튿날 관두기를 바란다며 회사로부터 통보받았다. 그는 상주 근무하는 다른 경비회사에 그대로 전직했다. 또한 이 회사가 있는 지부에서는 한번에 스무 명 이상 집단 이직이 일어났다고 들었다. 이런 모순을 안고 있는 회사는 절대로 성장할 수 없다. 앞으로 다른 회사와의 경쟁에서 이길 수 없을 테다. 업계에서는 이런 곳을 중견 회사라고 하는 걸 보니, 경비회

---

5   내가 처음으로 일한 회사의 연수 마지막 날에 여대생이 들어온 적이 있다. 이야기를 들어보니 긴자에서 하루에 1만 엔에 체험 호스티스를 했지만 매니저와 마음이 맞지 않아서 거절했다고 한다. '그래서 안전유도원 일을 하게 됐다'는 발상의 차이에 놀랐다. 요즘 친구들은 다 그렇다고 하면 할 말은 없지만 말이다.

사에는 중개인과 같은 전근대적인 감각이 아직 남아 있나 보다.

모집 광고 중에는 일당 1만 1000엔 이상을 주는 대형으로 보이는 경비회사도 있었고, 일당 8000엔 전후인 작은 경비회사도 보였다. 따라서 고령자가 얼른 일을 하고 수입을 얻고 싶다면 안전유도원 일이 제일일지도 모른다.

파산하지 않았고[6] 건강하며 일본어를 할 수 있으면 면접에서 떨어지는 일은 우선 없다. 법정 연수(4일)[7]를 받으면 3만 엔 전후의 수당을 바로 받을 수 있다. 게다가 입사 축하금으로 6만 엔 정도를 주는 곳도 있고, 3000엔 혹은 4000엔의 면접 교통비를 당일 지급하는 회사도 있다.

내가 두 번째로 들어간 경비회사는 이 면접 교통비를 3000엔 지급했다. 세상에는 터무니없는 생각을 하는 사람도 있어서, 어떤 남자는 이 회사에 들어가고 싶은 척하며 하루에 지바현이나 도쿄도의 지사를 몇 군데 도는 사이에 이 속셈을 들켜 버렸다. 지금은 컴퓨터로 면접 사항을 공유하고 있어서 그런 패거리의 꿍꿍이는 바로 걸린다.

다시 이야기로 돌아가자. 안전유도원도 무난하게 일하면 한 달

---

6 이건 안전유도원의 결격 사유 중 하나지만 의외로 많은 모양이다. 내가 경비회사 시부에 용건이 있어서 갔을 때 내근자가 전화로 "파산하신 분은 실례지만 채용하지 않습니다. 그리고 어느 경비회사든지 마찬가지입니다"라고 이야기하고 있는 걸 들은 적이 있다.

7 일본의 경비업법으로 정해진 연수이다. 안전유도원은 인명이 달린 일이라서 '신임교육'이라고 불리는 연수를 반드시 받아야만 한다. 저마다 15시간 이상 기본 교육과 업무별 교육이 있다. 연수 기간 중 급여에 대해서는 그 금액과 지불 타이밍이 회사마다 달라서 사전에 확인해야 한다.

에 18만 엔 정도를 번다고 썼지만, 이건 어디까지나 일반론이다. 전직해서 두 번째 회사에 재적하고 있을 무렵 서른다섯쯤 되는 동료한테서 들은 이야기에 따르면 한 달에 67만 엔을 벌어들인 안전유도원이 있다고 한다. 그와 동갑내기 친구인 시바하마로, 그 급여명세서를 봤다는 것이었다.

나는 그 이야기를 듣고 순간 믿을 수 없었다. 그의 이야기에 따르면 시바하마는 한 달에 근무를 60번 섰다고 한다. 밤낮을 한 달 다 채워야 60번 근무가 된다. 그게 가능할까. 그러면 자는 시간도 없지 않을까.

보통 낮 근무는 오전 8시부터 오후 5시까지이고, 밤 근무는 오후 8시부터 이튿날 아침 5시까지이다. 회사에 따라서는 오후 10시에 개시하는 곳도 있다. 바쁜 시기의 경비회사는 인력이 부족하다. 주간 근무뿐만 아니라 야근까지 서가며 애써 주는 대원을 중요하게 여겨 우선적으로 좋은 현장으로 돌려줄 테다.

좋은 현장이란 '안전 유도 일이 편하고' '근무가 빨리 끝나며' '정신적, 육체적 스트레스가 적은' 곳이고 회사는 그 점을 잘 파악하고 있다. 그렇다면 시바하마 같은 인재는 우선적으로 그런 현장으로 돌려줄 것이다. 주위에 있는 안전유도원도 낮밤 근무를 서는 시바하마에게 배치나 시간에 부담이 적어지도록 배려할 테고. 더구나 그런 회사에서는 한 달에 근무를 스물두 번 이상 하면 한 근무당 2300엔에서 2500엔 전후의 할증 수당이 붙는다. 차로 현장을 이동하면 수면은 차 안에서 취할 수 있고, 빨리 끝나면 집으로 돌아갈 수도 있다. 2급 자격증을 가지고 있으면 더욱 최적일 테다. 이래저래 해서 67만 엔인 모양이다. 하지만 이건 젊은 사람이나 가능한 일이다. 그만한 체력과 어떻게 해서든 거금이 필요하다는 동기부여[8]가 없으면 불가능하다.

내가 이 회사에서 현임교육(재교육)을 받을 때 어느 강사가 "한 달에 근무를 57번 뛴 여성 대원이 있는데, 근무 중에 쓰러져 구급차로 병원에 실려갔습니다. 회사로서는 근무 중이라서 고마운 일이었지만요"라며 뜻을 알 수 없는 감사 인사를 했다.

무엇이 '고마운 일'이라는 건지 알 수 없었다. 그 이상의 설명은 없어서였다. 산재에 얽힌 것인지, 아니면 밤을 하얗게 지새워가며 회사에 공헌해줘서인지. 지금은 과로사 문제가 사회적으로 큰 문제가 되고 있어서 이런 유의 발언은 바로 레드카드를 받을 테다.

어찌되었든 어떤 세계에나 상식을 넘어서서 일하는 사람이 있다. 그렇다고 자신의 육체를 혹사시켜서 좋을 일은 없다. 언젠가 그 빚은 자신이 갚아야 하기 때문이다. 하지만 그것만큼은 사람마다 사정이 있으니 구경꾼 같은 발언은 삼가야 한다.

괜한 오지랖일지도 모르지만 텔레비전에서 일자리를 잃고 노숙자가 되기 직전의 사람이나 만화 카페에서 숙박하는 사람들의 모

---

8 일하는 동기 부여는 사람마다 다르다. 전직 택시운전사였던 동료는 쉰을 조금 넘겼지만, "낮밤 연속으로 일곱 번 근무는 당연하다"고 호언장담했다. 얼마 후에 그가 새 차를 샀다며 안전유도원 동료 사이에서 화제가 되었다. 나와 같은 동네에 살던 동료는 경륜이 취미로, 일한 돈을 대부분 그곳에 쏟아 붓고 있었다.

습을 종종 다룬다. 육체적으로 건강하고 정신적으로 아프지 않은 사람들을 보면 이 사람들의 몇 퍼센트 정도는 이런 힘든 생활을 할 바에 경비 세계에서 활로를 찾아내면 될 텐데 하는 생각을 할 때도 있다. 안전유도원 일을 평생 하라고 권하는 건 아니다. 일하면 일당도 받고 집이 없으면 기숙사도 있다. 싫든 좋든 사회와의 연결고리도 생긴다. 우선 취직하면 최소한의 사회생활이 가능한 것이 안전유도원일지도 모른다. 일로서 즐겁다든지 즐겁지 않다든지 하는 건 별개로 치고 절대 나쁜 선택이 아니라고 생각한다.

막다른 길에 다다른 사람에게 있어서 도로안전유도원 일은 사회와의 마지막 '동아줄'일지도 모른다.

의욕 없음
「현장에서 꽁무니를 뺐던 다 큰 사내」

현장에 가서 아연실색했다. 조금 심상치 않은 현장이었다. 평소라면 교통량이 적은 야간에 작업하는 장소여서였다.

국도 4호를 따라간 교차로 지점에서 가스관 신설 공사를 하는 곳이었다. 소카역과 독쿄대학앞역 중간에 있는 교차로에 하루 교통량이 많다는 건 보고 바로 알 수 있었다. 그런데 오늘 멤버는 세 사람이었다. 마쓰도 지사에서 나를 포함해 두 명, 아카바네 지사에서 예순 정도 되는 베테랑인 구지까지 해서 총 세 명이었다.

이 일은 다치카와 지사에 들어온 일이 돌아온 것이었다. 구지는 현장을 보자마자 인상을 찌푸리고 있었다.

"여긴 2급 자격증 소지자가 없으면 안 되는 곳이잖아. 관제실에

선 지도를 보면 금방 알 수 있었을 텐데, 참 나 기가 막혀서."

안전유도원 중에 2급 자격증 소지자가 없다는 것이 경찰에 알려지면 공사는 할 수 없다. 더구나 인사를 하고 잡담을 나누면서 우리가 경험이 적다는 사실을 알게 된 구지는 참으로 난처한 표정을 짓고 있었다. 이 시점에서 내 안전유도원 이력은 1년 정도였지만 이 현장이 녹록하지 않다는 건 바로 알았다. 세 사람 다 무전기[1]를 소지하고 있지 않았다.

국도 4호에 교차하는 길은 2차선이지만 어쨌거나 교통량이 장난이 아니었다. 일의 절차상 우선 그 교차로의 2차선 도로에 절단기를 세우고 트래픽콘을 두르고서 절단기로 파헤친 공사 현장을 표시한다. 그 작업이 끝나면 본격적으로 공사를 시작한다.

옷을 갈아입자 대장이 다가와서 오늘 절차를 설명했다. 공사 관계자는 별달리 곤란하지 않을 테지만 도로안전유도원 수가 적어서 난처한 건 우리였다.

아침 8시 반에는 긴 신호를 기다리느라 차량이 줄지어 있었다. 교차로 옆에는 큰 패밀리 레스토랑이 있어서 점심시간이 가까워질수록 차량이 주차장을 드나드는 일이 빈번해졌다. 우리는 그곳에서 옷을 갈아입었다. 그런데 레스토랑 반대편 차선에 번거롭게

---

1   안전 유도 현장이 넓은 경우나 한 차선 교대통행을 하느라 파트너가 시야에서 벗어나 있거나 교통량이 많아 유도등이 잘 보이지 않는 현장에서는 무전기를 사용하는 일이 많다. 사담을 나누는 일은 없지만, 개중에는 일에 필요한 대화 이외에 잡담만 하다가 빈축을 사는 사람도 있다.

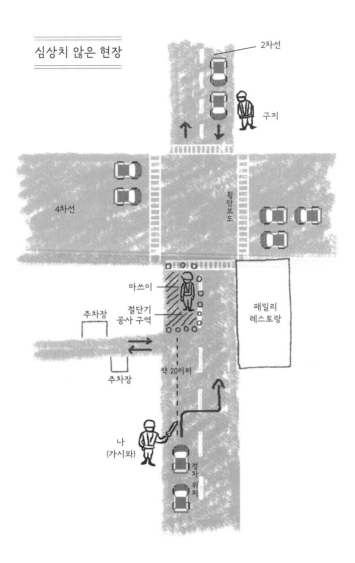

심상치 않은 현장

2차선

구지

4차선

횡단보도

마쓰이

절단기
공사 구역

주차장

주차장

패밀리
레스토랑

약 20미터

나
(가시와)

정차
위치

도 샛길 하나가 있었다. 샛길 양쪽으로는 주차장이 두 개가 있었다. 이 샛길을 오가는 차까지 신경을 써야만 한다. 이걸로 피로도가 배로 늘었다.

샛길을 고려했을 때 통상적으로 취해야 하는 휴식[2]까지 포함하면 안전유도원은 최소 다섯이 필요했다. 더구나 마쓰도 지사의 파트너인 마쓰이는 입사한 지 1주일밖에 되지 않았다. 서른두 살의 다 큰 사내인 마쓰이는 정말 당혹스러워하고 있었다. 아니, 겁에 질려 있었다.

"입사할 때 회사 사람한테 한 차선 교대통행을 할 때는 무조건 쉬운 곳으로 해 달라고 부탁했는데"라고 한탄했다. 우리가 잠자코 있으니 "저 지금 회사에 전화하고 올게요"라고 말하고서 마쓰이는 대화 내용을 나와 구지에게 안 들리게 하고 싶은지 떨어진 장소에서 속닥거렸다.

돌아온 마쓰이에게 "회사에 뭐라고 했어?"라고 물었다. 마쓰이는 회사 관제소[3]에서 상시 대기하는 직원에게 "도무지 못할 것까지는 없지만 자신이 없으니 돌아가겠다"라고 하소연한 모양이다. 나는 어처구니가 없어서 마쓰이에게 이렇게 말했다.

---

2 예를 들어 한 차선 교대통행을 하려면 최소 두 사람은 필요한데, 화장실도 가고 식사 시간도 확보해야 하기에 사실 도로안전유도원이 한 사람 더 필요하다. 한 사람이 정해진 휴식 시간 내에서 다른 두 사람과 순서대로 교대하면서 쉬는 것이다.

3 거래처의 희망에 맞춰 안전유도원을 배치하거나 수배한다. 책상 업무가 주된 일이지만, 때로는 영업도 필요로 한다. 또한 안전유도원이 지각하거나 무단결근을 하면 그에 대응해야 해서 나름대로 잔걱정이 있으리라고 각오해야 한다. 한편 안전유도원은 관제실의 노여움을 사면 일이 잘 돌아오지 않을 때도 있다.

"'그럼요, 얼른 철수하세요' 라고 할 리가 없잖아. 경험이 있든 없든 일이 이렇게 됐으니 하는 수밖에 없어. 자네도 사내잖아."

"그런 문제가 아니에요. 무서워요. 처음 하는 한 차선 교대통행인데 여긴 무리예요."

"그렇게 간단히 단정 짓지 마. 한번 마음먹고 해보면 어떻게든 될 거야."

"그건 근성 있게 하라는 말인가요? 저 정말 난감해요."

그러자 구지가 마쓰이에게 도움을 주었다.

"그냥 됐어. 가시와 씨랑 내가 하루 종일 교대통행을 하도록 하지. 자넨 교차로 가장자리 트래픽콘 안에서 절단기 일에 매달려줘. 그 대신 오늘은 식사 휴식도 없고 화장실도 못 가."

구지가 내민 제안에 마쓰이는 내심 안도하는 표정을 지었다. 아침 9시부터 저녁 6시까지 식사도 못 하고 화장실에도 못 간다면 나는 생각만 해도 우울할 듯했다.

계절은 6월이었다. 하늘이 푸르다고는 하나 공기는 눅눅해서 목도 마를 것이다. 물을 마시면 화장실에 가고 싶어진다. 참아야만 한다. 나는 동료에게 의견을 내는 편이 아니었지만, 마쓰이에게 그만 한소리 하고 말았다.

"자넨 거구에 안 어울리게 오기가 없군."

마쓰이는 우리에게 미안했는지, 아니면 앞으로 찾아올 불안감에 억눌렸는지 아무 소리도 못 했다.

절단기[4]가 작동하기 시작한 지 2시간 반이 경과했다. 국도나 그에 준하는 도로는 포장이 두껍다. 왔다갔다 두 번 절단해야 한다.

절단기 옆에 붙어 있던 마쓰이는 그저 바들바들 떨고 있는 것처럼 보였다. 절단기 작업기사의 안전을 지키는 움직임도 부족해보였다. 몸의 일부가 작업대에서 비집고 나온 절단기 작업기사를 제대로 거들지 못하고 있었다. 그런 와중에 마쓰이는 차를 도로가에 붙이는 일[5]조차 하지 않았다. 무료함을 달래려는지 별 의미도 없이 건널목을 건너는 보행자를 유도하고 있었다. 더구나 구지와 내가 국도 4호를 끼고 120미터나 떨어져서 유도등을 휘두르며 한 차선 교대통행을 하고 있는데도 제대로 중계해주지 않았다.

구지와 나는 상대의 유도등이 불꽃처럼 간신히 보이는 정도였다. 유도등의 움직임이 멀어서 제대로 확인할 수 없었다. "보내도 돼요"라든가 "마지막 차는 5434번" 등 무전기가 없어서 서로의 의사를 정확하게 전할 수 없었다. 그럴 때 중간 지점에 있는 안전유도원이 한 차선 교대통행을 하고 있는 두 사람의 유도등 신호를 교대로 상대에게 전달하면 정체되지 않고 교통 흐름이 원활할 것이다. 하지만 마쓰이를 비난할 수 없었다. 과거의 나를 생각해도 경

---

4   아스팔트나 콘크리트 포장을 절단할 때는 절단 작업이 필요하다. 전문업자가 있어서 고속으로 회전하는 다이아몬드 날로 절단 작업을 한다. 하지만 지극히 소규모 공사 현장에서는 전문업자가 아니라 작업기사가 절단 작업을 한다.

5   내가 야근하던 무렵 트래픽콘 안에서 차를 도로가에 붙이는 일이 많았다. 교통량이 많은 현장은 야간에만 공사를 할 수 있다. 차량을 도로가로 붙여달라는 전구로 장식된 표지판도 있지만, 안전유도원이 유도등을 들고 공사 현장에 접촉하지 않도록 차에 신호를 보낸다. 늦은 밤이 되면 보행자나 자전거는 거의 없기 때문에 차를 도로가에 붙이는 일이 주된 업무가 된다.

험이 쌓이지 않는 한 불가능하다. 다만 샛길에서 나오는 차가 있으면 마쓰이에게 멈추게 하도록 지시하고 그냥 보낼 때는 내가 큰 소리로 신호를 보냈다.

나는 작업 일대를 둘러싼 트래픽콘 뒤에서 20미터나 떨어진 곳에서 차를 세우거나 보내고 있었다. 12시가 가까워졌고 내 쪽에서 지나간 차 한 대가 미묘하게 움직였다. 내가 멈춰 있던 차를 보낼 차례가 되어 반대 차선으로 차를 보냈다. 그러자 흰 경차 한 대가 조금 휘청대는 느낌으로 차선을 변경해서 작업장 일대의 가장 끝에 있는 트래픽콘 바로 뒤편에 정차했다. 나는 공사 관계자 차인가 하고 생각했다. 하지만 차에서 아무도 내릴 낌새가 없었다. '뭐지?' 하고 생각하는데 잠시 후에 마쓰이가 다급한 모습으로 내 쪽으로 후다닥 뛰어왔다.

"가시와 씨, 큰일이에요. 저 경차 운전자, 꽤 나이가 많은 할아버지인데 말도 제대로 못할 정도로 이미 기절한 상태예요. 어쩌죠?"라고 말했다. 하필이면 이렇게 여유가 없을 때 이상한 일이 벌어진 것이다.

"그렇다 해도 내가 움직일 순 없잖아. 감독이라도 찾아다가 구급차를 불러."

10분 만에 구급차와 경찰차가 도착해서 경차 뒤에 차를 댔다. 신호를 두 번이나 기다리다 짜증이 난 운전자가 신호를 기다리는 횟

수가 더 늘어서 심하게 클레임을 걸지 않을까 걱정되었다. 15분쯤 후에 구급차와 경찰차는 물러났다. 물론 경차도 경찰이 몰고 갔다.

신호는 기다리는 시간이 4초 늘었다가 줄었다가 하는 감응식 신호[6]로 더할 나위 없이 어려웠다. 이 대수라면 그냥 보내도 괜찮겠지 생각했다가 자칫하면 교차로 앞에서 막히거나 해서다. 막히면 반대 차선이나 좌우회전 차량을 보낼 수 없어서 그것만큼은 반드시 피하고 싶었다. 신경이 곤두서기만 했다. 기온도 올라가서 푹푹 쪘다.

오후 1시 반 무렵이었을까, 이런 일 저런 일로 배도 고프고 화장실에도 가고 싶어서[7] 육체적인 피로도가 최고조에 가까워졌을 때 이 상황에 갑자기 종지부가 찍혔다.

감독이 나에게 다가와 "절단기 일은 끝났는데 시간이 너무 오래 걸려서 오늘은 작업을 못할 것 같아요. 그러니 오늘은 이걸로 끝내죠"라고 말했다. 나는 내심 마음을 푹 놓았다. 그보다 신은 있구나 하고 멍청한 생각을 했다.

우리 세 사람이 패밀리 레스토랑 주차장 구석에서 돌아갈 채비를 하고 있으니 감독이 다가와서 "내일은 잔업이에요. 부탁드릴게

---

6   검지기를 통해 차량을 감지하는 감응식 신호기는 교통량 격차가 큰 교차로 등에 사용된다. 교통량이 많은 도로는 기본적으로 녹색 신호로 표시하고, 적은 도로는 차를 감지할 때만 녹색 신호로 표시한다. 이로 인해 교통량이 많은 도로를 원활하게 통행하도록 만드는 효과가 있다.

7   도로안전유도원의 화장실 문제는 때에 따라 심각하다. 점심은 먹지 못해도 "배고파 죽겠네"로 끝나지만 화장실에 가지 못하면 참는 데도 한계가 있다. 바로 최근에 같은 현장에 있던 70대 동료는 딱 한번 바지에 오줌을 지렸다고 한다. 나도 여러 사정으로 두 번 점심도 먹지 못하고 화장실에도 가지 못한 적이 있다. 지리지는 않았지만 그토록 괴로운 일은 없었다.

요"라고 말했다. "네"라고 했으나 모두 다 건성이었다. 감독이 물러나자 구지는 얼른 자신의 지사에 전화를 걸어 "내일은 꼭 다른 현장에 넣어줘. 장난 아니야. 2급도 없고 사람도 부족해서 진짜 죽을 맛이야"라고 했다.

구지는 베테랑이라서 노골적으로 불만을 회사에 터뜨리고 있었다. 마쓰이는 한 차선 교대통행을 하지 않고 끝나서인지 그다지 기력이 빠져 있지 않았다. 아무튼 간단한 정지 신호 말고는 작업 일대에서 동물원의 곰처럼 어슬렁대기만 했으니 피곤할 턱이 없다. 다만 이번 일이 마쓰이의 안전유도원 생활에 있어서 불행인지 다행인지는 다른 문제였다 맨 처음에 힘든 현장을 겪험하면 더 이상 무서울 게 없다. 물론 실수해서 허둥댈지도 모른다. 하지만 그러다 보면 배짱이 두둑해진다.

나는 내일도 같은 현장에서 일할 마음이 전혀 없었다. 아마 세 명이라는 사람 수는 변경되지 않을 테니 말이다. 일 잘하는 안전유도원이 모여 있어도 정시 퇴근 혹은 잔업을 해야 하는 이런 현장은 벅차다. 역시 내일은 거절하고 싶었다. 그래서 나는 돌아가는 길에 회사에 전화를 해서 이런 어설픈 거짓말을 했다.

"내일 저녁 7시 무렵에 친척이 집에 오니 좀 더 가까운 현장으로 배정해주세요."

이건 선뜻 받아들여졌다. 회사에 우는소리는 하고 싶지 않았지

만, 오늘과 같은 고생은 두 번 다시 하고 싶지 않았다. 몸도 마음도
만신창이였다.

사람은 거짓말을 한다
「 아내에게 구박받은 나의 구차한 변명 」

어젯밤에는 아내에게 일방적으로 구박받았다. 내가 거짓말이나 하는 사기꾼이라는 것이다. 이번 달 생활비 이야기부터 시작해 아내는 나의 불성실함을 과거까지 거슬러 올라가서 따지고 들었다.

"당신은 밀린 월세를 낸다면서 내가 15만 엔을 ATM에서 인출하자마자 받아가서는 그길로 경마장에서 전부 날렸잖아. 그뿐만이 아니야. '시청에 압류된다'는 둥 '컴퓨터를 산다'는 둥 핑계를 대면서 받아간 돈을 도박에 올인해서 다 날리기도 하고. 그것도 대여섯 번도 아니고. 이런 가증스러운 거짓말쟁이가 내 남편이라니 믿을 수가 있어야지!"

아내가 화를 내는 것도 당연하다. 전부 사실이니까 말이다. 도박으로 한 방에 역전하는 건 있을 수 없는 일이라는 건 뼈저리게 알고 있다. 하지만 그런 일을 저질러버린 사람이 실제로 여기에 있다. 반론하지 못하고 잠자코 있는 수밖에 없었다.

"당신은 자기가 불리하면 입을 다물거나 부루퉁해지거나 둘 중 하나잖아. 이번만큼은 용서 못해. 이혼할 테니 3천만 엔 내놔!"

지금 땡전 한 푼도 없는 사람이 어떻게 3천만 엔을 만들어낼 수 있을까. 분노가 끓는점에 도달한 아내에게 변명할 생각은 없었지만 나는 더욱 어리석은 소리를 하고 말아 수습이 안 되는 지경에 이르렀다.

"당신이 화를 내는 것도 당연하지만 나도 악의가 있었던 건 아니야. 막막해서 어쩔 수 없었어."

"여보, 대체 당신이 무슨 소릴 하는지 알고 있기나 해? 도박으로 내 돈을 날리고 악의가 있었던 건 아니라니 말은 잘하네."

"……미안. 이제부터는 당신한테 민폐 안 끼칠게."

"이 상황에서 빠져나가려고 입에 발린 소릴 하는 건 이젠 됐어. 앞으론 그런 소릴 몇 번 하는지 녹음해둬야겠네. 정말 처자식한테 미안하다고 생각한다면 그런 가벼운 소리가 나올 리가 없지. 당신은 말로 하는 일[1]을 하는 주제에 말의 무게를 모르네. 더 구체적인 인생 계획을 말해야 하지 않아? 늘 어떻게든 한다든가 조만간이라

1　출판편집 겸 작가 일을 말한다. 말은 한 번 내뱉으면 총알과 같아서 되돌릴 수 없다. 그만한 무게가 있다. 뼈저리게 알고 있어도 인간(나)의 나약함 탓에 아내를 배신하는 행위를 거듭했다. 책임이 동반되지 않은 말은 공허하게 짖는 개의 울음소리에 지나지 않는다. 본서는 그 참회록이나 마찬가지이다.

든가 추상적인 말밖에 안 하잖아."

"그러니 매일 고생하면서 유도원 일을 하고 있잖아."

"참 나, 그렇게 생활하기에 빠듯한 일당이나 월급으로 세무서에서 내라고 하는 2천만 엔, 3천만 엔의 빚을 죄다 갚을 수나 있겠어? 말만 번지르르하게 하는 거짓말쟁이랑은 입 아프게 말해도 아무 진전도 없겠지."

내가 남몰래 '무한 반복 테이프'라고 부르는 아내의 하소연은 멈출 줄 몰랐다. 오소레잔산[2]의 황량한 풍경이 손바닥만 한 다다미방에 펼쳐졌다(너무 요란을 떨었나. 이 글을 읽은 아내한테 얼마나 혼쭐이 날까).

"전기, 가스, 수도…… 끊기면 곤란하잖아. 우선 유도원 일을 하는 동안엔 어떻게든 될 거야. 조금만 더 참아줘."

"그러니까 언제까지 참아야 하는지 구체적으로 말해줘. 당신이 하는 소리는 뭐가 진짜고 뭐가 가짠지 난 모르겠어."

그렇게 쳇바퀴 돌 듯 반복되는 이야기가 이어지는 건 늘 있는 일이었다. 하지만 어젯밤에 마침내 나는 아내한테 이혼장은 고사하고 희대의 거짓말쟁이라는 낙인이 찍혔다. "거짓말쟁이, 거짓말쟁이"라는 아내의 말이 머릿속을 맴돌았다.

나는 거짓말쟁이라고 자인한 적은 없지만, 요 몇 년 내가 한 언동은 아무리 나한테 유리하게 생각해도 아내의 지적이 타당했다.

---

2   저승과 가장 가까운 곳이라고 일컬어진다.

내가 궁지에 몰린 쥐라고 해도 그건 아내를 속여 온 핑계거리가 되지 않는다. 빠듯한 생활 중에 하는 거짓말은 죄가 무거웠다.

평소 유도원으로서 운전자에게 거짓말을 듣고 분개하던 나는 아내에게 구박받는 나와는 다른 인격인가. 그럴 리가 없다. 타인의 거짓말에는 화를 버럭 내지만, 내가 한 거짓말에는 너그러운 자신이 여기 있었다.

이참에 현장에서 벌어진 일 하나를 이야기할까 한다. 아내와 나눈 이야기를 전제로 하면 설득력이 없을지도 모르지만, 이것도 도로안전유도원의 실태 중 하나라서이다.

메구로구 야쿠모에서 가스공사가 실시되었다. 주위에 아파트가 있는 주택가로, 내 담당은 공사 현장에서 약 80미터 정도 떨어진 곳의 차량 통행금지 보초였다. 눈앞의 4차선 도로에서 공사 현장 방향으로 진입하려고 하는 차를 우회하도록 유도하는 역할이었다. 하지만 주민의 차나 영업용 차는 그 범주에 들지 않았다.

오후에 접어들었을 무렵, 빨간 차 한 대가 공사 관련 차량 뒤에 딱 붙어서 진입해왔다. 다급히 나는 그 차를 세웠다.

"죄송하지만 직진하실 수 없습니다. 어디로 가시나요?"

그러자 창문이 열리고 조금 화려한 화장과 복장을 한 중년 여성이 "바로 저기예요. 저기 보이죠? 저기 아파트요"라고 가리켰다. 아파트는 현장 주변에 몇 군데나 있었다. 이런 애매한 대답에는 주의[3]를 해야 한다. 더 구체적으로 물어야만 한다.

"저 5층짜리 흰 아파트인가요? 저기라면 공사 현장 바로 근처지만 우회전해서 지나갈 수 있습니다."

나는 가장 가까워 보이는 아파트를 가리키고 말했다. 그러자 여자가 "네. 저기, 저기요"라고 답했다. 나는 그렇다면 틀림없겠다고 생각했다. "그럼 지나가셔도 됩니다"라고 말하자 여자는 차를 몰고 갔다. 하지만 그 차는 흰 아파트로 이어지는 길로 우회전하지 않고 공사 현장 바로 앞에서 정차했다. '뭐지?' 싶었다.

현장에서는 여자와 잠시 대화를 나누고서 공사를 중단시키더니 작업기시기 분주하게 움직이고 있었다. 파낸 구멍 위에 철판을 깔았고 여자의 빨간 차는 그 위를 건너고 있었다. 잠시 후 쉰이 넘은 감독이 무서운 얼굴을 하고 나에게 다가와 "대체 당신은 뭐 때문에 거기에 서 있는 겁니까?" 하고 큰 소리로 따졌다.

이럴 때 변명을 해도 소용없지만, 순순히 사과할 마음도 들지 않았다. "아니, 바로 앞에 있는 흰 아파트냐고 가리켜서 확인했더니 그렇다고 해서 통과시켰어요"라고 대답했다. 그러자 책임자는 "저 여자는 '가드하는 사람이 직진해도 된다고 해서 왔다'고 했어요. 상대방 이야기를 좀 더 똑바로 들어야죠. 나 원 참" 하고 화를 누그러뜨리고 돌아갔다.

---

3 사람은 허를 찔리면 얼버무린다. '언제 돈을 갚을 거냐'고 추궁받았으나 갚을 길이 없으면 "음, 조만간 어떻게든 할게"라고 애매한 대답을 하게 된다. 이건 인간의 본성이다. 그걸 잽싸게 간파해내는 유도원도 있지만, 대다수는 운전자의 거짓말에 속아서 한탄한다.

불쾌하기 짝이 없었다. 이 이상 뭘 더 어떻게 물으란 소린가. 운전자 중에는 우회하거나 후진하는 걸 싫어해 공사 현장 앞까지 가면 어떻게든 된다[4]고 생각하는 사람이 있다.

예전에도 그런 운전자가 있었다. 보통 도로 공사는 아침 9시에 시작되는 게 정석이다. 그 전에 하면 위반이다. 그래서 통행금지 간판을 거의 9시가 되는 동시에 세운다. 그런데 여러 사정으로 그 이전에 공사를 할 때가 있다. 당연히 그런 경우라도 구청이나 경찰서에 신고해서 허가를 받을 필요가 있다. 업자가 마음대로 시작 시간을 한 시간 당길 수 없다.

지바현 가마가야시의 현장에서 8시에 시작되는 공사가 있었다. 그런데 8시 20분 무렵, 박스 회수 트럭 운전사가 창문을 열고 나에게 말을 걸었다.

"이 길 뭐예요? 못 들어가요? 애초에 아직 시간 이르잖아요."

"중간까지는 들어갈 수 있어요. 혹시 현장 앞까지 가야 하면 우회해서 들어가주세요. 공사 시작 시간 허가는 감독이 받아놨을 거예요"라고 대답하자 달갑지 않은 표정으로 사라졌다. 그리고 약 15분 후에 그 트럭이 돌아왔다. 운전사는 이번에는 이렇게 말했다.

---

4 분명 어떻게든 되는 경우가 대부분이다. 하지만 그로 인해 작업이 중단되면 업자가 큰 수고를 들여야 한다. 안전유도원이 주민이나 운전자에게 잘 대응해줬으면 하니 업자는 돈을 지불한다. 업자에게까지 거짓말을 해서 자신의 사정을 우선시하려고 하는 운전자는 뻔뻔스러운 인간이거나 어떤 의미에서 인간의 심리를 이용하는 데 뛰어난 사람이다.

"구청에 물어보니 그런 허가는 안 내줬다는데요? 감독 있어요?"

내가 주위를 둘러보니 바로 조금 전까지 있던 감독의 모습이 없었다. "바로 조금 전까지 저기 있었는데요?"라고 답하자 "지금 장난해요?"라는 말을 내뱉고 다시 사라졌다.

잠시 후에 돌아온 감독에게 경위를 말하자 감독이 "허가 확실히 받았어요"라고 말했다. 운전사는 홧김에 거짓말을 한 게 된다.

나도 이렇게 일찍이 구청 상담 창구에 사람이 있었을까 의아하게 여겼으나 운전사가 분명히 말해서 그럴 수도 있겠다 싶었다. 더구나 이유가 하나 더 있었다.

그 이전에 어느 현장에서 작업기사가 한 차선 교대통행 간판을 두 개 세웠다. 그러고서 5미터 도로폭의 80퍼센트까지 구멍을 파겠다고 말했다. "그러면 차가 못 지나가잖아요"라고 작업기사에게 물어보니 "그렇겠네요"라고 답했다.

나는 "그건 아무리 그래도 곤란해요. (운전자한테서) 클레임이 들어올 게 뻔해요"라고 주의를 주고 한 차선 교대통행 간판을 치우게 했다. 더구나 "차량 통행금지 간판은 없어요?"라고 물어보니 작업기사가 "그 허가는 안 떨어져서 통행금지 간판은 못 세워요. 어떻게든 안전 유도 하시는 분들이 교통정리 좀 잘해주세요"라고 부탁했다.

그렇게 규칙을 깨는 업자[5]도 있어서 가마가야시의 박스 회수 업

---

5 공사에 반드시 안전유도원을 세워야 한다는 법은 없다. 업자가 자신의 작업기사에게 경비를 시켜도 상관

자의 거짓말을 절반은 믿었다.

　사람은 거짓말을 하는 동물일지도 모른다. 하지만 이 또한 나의 넌더리나는 변명일지도 모른다.

없다. 그렇다고 해도 이따금 거리에 경비를 세우지 않고 작업을 하는 업자를 보면 위험하다는 생각이 든다. 공사 규모가 큰데도 안전유도원이 적어서 경찰이나 시의 안전관리위 등에서 지도를 받는 업자도 있는데, 이를 시정하지 않는 업자는 안전보다 경비 절감을 중시하는 것이다. 따지고 보면 안전유도원이 세 명 필요한 곳을 한 명만 부려서 모회사에 세 명을 고용했다고 청구하는 악덕 업자이다.

최고령 안전유도원

「 엉큼한 영감은 멋진 인격자 」

내가 현재 근무하고 있는 회사는 일흔 살 이상의 고령자가 80퍼센트를 차지하고 있다. 놀라운 점유율이다. 내 면접을 담당한 사람이 사장이었는데, 내가 일흔이 넘은 걸 알고서 직접 알려준 것이다. 아담한 회사로, 본사와 지사를 합쳐도 세 군데밖에 없었다. 이회사 최고령 안전유도원이 여든넷이라는 것도 그때 알았다. 그 최고령 안전유도원 가지야 씨와 함께 경비를 서게 된 것은 입사 3개월 후였다.

그는 어느 역 앞 파친코 가게 주차장의 안전유도원으로, 이미 4년 정도 거의 상주 직원으로 일하고 있었다. 한 달에 스무 번 정도 근무하는데, 아침 7시 반부터 오후 3시 반인 낮 근무와 오후 3시 반부터 오후 11시 20분까지인 밤 근무로 적당하게 조합한 시간표를 소화해내고 있었다.

맨 처음에 나는 이 가지야 씨에게 그 파친코 가게의 독특한 경비 업무 형태를 하루 딱 들러붙어서 연수를 받았다. 그리하여 가지야 씨와는 시간표[1]에 있는 다른 세 안전유도원보다 친근하게 이야기를 나누게 되었다.

가지야 씨는 몸집이 아담하지만 군살도 없었고, 귀가 조금 어두운 것을 빼면 건강 그 자체였다. 나이가 여든넷이라고 들으면 정말인가 싶을 만큼 체력이 좋았다. 가지야 씨는 전직 미장이로, 그것도 꽤 많은 제자를 거느린 성공한 사람이었다.

묻지 않았지만 가지야 씨가 하는 이야기에 따르면 동업자 두 사람에게 3억 엔의 연대 보증을 선 게 큰 실수였다. 그들은 빚을 갚지 못했고 얼마 가지 않아 한 사람은 자살했다고 한다.

가지야 씨는 부지 250평 정도 되는 으리으리한 집을 빚 담보로 잡혔지만 파산하지 않고 빚을 정리해서 지금은 보증협회 채권 회수 회사의 차입 3000만 엔만 달마다 5000엔씩 변제하는 중이라고 했다. 나도 보증협회 채권 회수 회사의 차입 1000만 엔을 가지야 씨와 마찬가지로 매달 5000엔씩 변제하고 있어서 그 점에서는 비

---

[1] 안전 유도를 하는 사람 중에는 시설경비(1호 경비)처럼 매달 꼼꼼하게 시간표가 짜여 있어서 자유롭지 않은 걸 싫어하는 사람도 많다. 안전유도원의 경우 쉬고 싶으면 4, 5일 전에 회사에 신청하면 거의 허가를 얻을 수 있다.

숫한 처지였다.

어느 날 가지야 씨는 조금 장난스러운 얼굴을 하고 낮밤 근무를 교대할 때 "가시와 씨는 젊은 여자랑 연상녀 중에 누가 더 좋아?"라고 물어왔다. 젊을 때라면 몰라도 다 늙은 나이에 말이다.

"당연히 젊은 여자가 좋겠죠?"

내가 당연한 듯 말하자 가지야 씨는 왠지 모르게 수상쩍은 얼굴을 하고 이렇게 말했다.

"그렇군. 난 옛날부터 연상을 좋아했어."

"그런데 가지야 씨는 지금 여든넷이잖아요. 언제 적 이야기를 하고 계신 거예요?"

그러자 가지야 씨는 "이제는 남자로 별 볼 일 없지만 3, 4년 전까지만 해도 현역이었으니 그때까지의 이야기지"라고 말했다. "그럼 상대는 다 꼬부랑 할머니잖아요?"라고 내가 농담을 던지자 가지야

씨는 이렇게 부정했다.

"저기 말이야, 그렇게 단정 지을 일이 아니야. 내가 그 사람들을 알게 된 게 거의 집 근처 스낵바였어. 그런 곳에 오는 할머니는 금전적 여유가 있어서 화려해. 그래서 나이보다 겉보기에 열 살은 젊어보이고 정신 연령도 젊지. 남자에 대한 호기심도 거침없는 만큼 젊은 여자와 별 다를 게 없어."

"흠, 그런데 가지야 씨는 술을 못 하시잖아요. 그런데도 스낵바에 가세요?"

"술은 맛만 보는 정도지만, 스낵바 분위기를 좋아해. 더구나 난 대화를 좋아하고."

"그건 알지만 왜 연상의 노인을 좋아해요?"

그러자 가지야 씨는 부끄러워하는 기색도 없이 이렇게 말했다.

"섹스를 좋아하거든. 그 요부처럼 내지르는 소리가 두려울 게 없어진 여자의 마지막 기쁨의 소리니까."

나는 생각지도 못한 세계라서 놀라고 말았다. 더구나 가지야 씨는 이런 말도 덧붙였다.

"노파 중에는 거사가 끝나면 용돈을 주겠다는 사람도 있어. 귀엽지 않아? 얼마 전에 스낵바에서 오랜만에 만난 노파한테 통 못 봤네 하면서 다음에 놀러 가자는 소릴 들었어. 이젠 힘들어서 거절했지만."

관심을 보이면 가지야 씨가 계속 말할 것 같았지만, 이곳은 밤의

술자리가 아니다. 오후 3시 반, 해는 아직 높다.

한 가지 더 가지야 씨가 종종 나한테 하던 자랑은 자신의 자식 여섯 모두가 어엿한 사회인이 되었다는 것이었다. 그의 뒤를 이어 회사에서 혁신적인 업적을 세우고 있는 장남을 필두로 다른 자식들도 저마다 부모에게 민폐를 끼치지 않고 자립해 있었다.

"자식 농사는 엄청 잘 지었다고 생각해. 장남한테는 여든넷[2]이나 돼서 안전유도원 일을 하고 있으면 남들 보기 좋지 않다고 은퇴하는 게 어떠냐는 말을 듣곤 해. 연금으로 먹고 살 수 있으니까."

"그러면 안전유도원 일을 관두고 장남 회사에서 일하는 게 낫지 않나요?"

"말도 마. 날 회장으로 세우고 매달 월급을 지불하자는 계획도 있었는데 아무래도 그건 안 되나봐. 벌이가 엄청난 회사라면 문제가 없는데 수익을 그럭저럭 내는 회사가 그러면 일이 복잡해진대. 근무 실태가 없는 회장은 세무서가 인정하지 않는 것 같더라고. 그걸 인정하면 세금이 줄어드니까."

"아, 그래요? 세무서가 깐깐하네요."

"뭐, 어쩔 수 없지. 자식한테 민폐를 끼칠 수도 없고. 그런데 앞으로 몇 년 지나면 (경비) 회사에서도 고용해주지 않을 테니, 그때까

---

2   내가 맨 처음에 일한 경비회사에는 나이가 여든다섯인 경비원이 있었다. 이 사람은 경비 경력이 40년 이상인 사람으로, 그야말로 경비원의 레전드였다. 나는 두 번 정도 이야기를 나눴는데, 달변가에다 "옛날에는 월급도 짭짤해서 한 재산 남겼지" 하며 자랑스러워 했지만 역시 나이에는 장사가 없어서 허리도 굽고 움직임도 굼떠서 경비하는 장소도 한정되어 있었기에 동료들도 그를 조금 곤란해 하는 느낌이었다.

지는 분발해야지."

가지야 씨의 자식 자랑은 그로부터 몇 번인가 들었다. 하지만 가지야 씨는 나한테는 딱히 파고들어 묻지 않았다.[3] 그 점에서는 확실히 분별력이 있는 사람일지도 모른다. 물어온다고 해도 나는 딱히 자식에 대해서 숨길 마음은 없었다.

올해 서른일곱 살이 된 혼자 사는 장녀와는 어떤 일로 소원해진지 6, 7년이 지났다. 작은 출판사에서 일하고 있으나 회사가 망하지 않을까 늘 염려스럽다. 아내는 딸아이의 빌라에 방문한 적도 있지만 집에 없어서 만나지 못했다.

첫째 딸보다 두 살 아래인 둘째 딸은 동일본대지진 때까지는 업계 대기업인 K서점에서 아르바이트로 일했는데, 원자력 발전소 사고 후에는 방사능 확산을 걱정해서 퇴직했다. 사고 직후에 한동안은 화장실이나 욕실 환기구를 돌리지 않을 정도로 철저했다. 그뿐 아니라 회사에서 일하는 셋째 딸에게 회사를 관두라고 진지하게 조언했다. 이후 무직으로 우리 부부와 함께 살고 있다.

둘째보다 세 살 어린 셋째는 이미 결혼해서 일하며 지방 대도시에서 살고 있다. 본인이 말하길 모 사립 대학교를 졸업한 신랑이

---

3 안전유도원이 된 지 2년 반 이상이 되었지만, 어느 정도 친해지기 전에 "이 일을 하기 전에 뭐 했어요?"라고 물어오는 사람은 두 명 정도밖에 없었다. 그게 예의인 걸 테다. 사람은 저마다 타인이 파고들지 않기를 바라는 것이 있다. 그중 제일 큰 것이 가족에 대한 일이고, 다음이 예전의 직업일 테다. 돈이 있느냐 없느냐는 물어볼 필요도 없다고 해야 할까.

자상해서 집안일을 잘 도와준다고 한다. 이 셋째와는 아내도 가끔 뮤지컬을 보러 간다.

자식 농사를 성공했는지 실패했는지 나는 판단이 서지 않는다. 스스로를 돌아봐도 스무 살 무렵 아버지와 드잡이를 한 적도 있었다. 몇 년 전에 91세로 세상을 떠난 어머니에게 이모저모 걱정을 끼쳤다. 그런 내가 거들먹댈 수 없다. 자식들 입장에서 보면 불만스러운 아버지였지 않을까. 이 이상 자녀들에게 민폐를 끼치지 않기를 바라는 수밖에 없다.

가지야 씨는 야한 이야기를 좋아하지만, 그 다정한 마음씀씀이에 놀란 적이 있다.

가지야 씨는 전화로 누군가를 혼내는 일이 종종 있었다. "그렇게 어리광만 부리면 못 써요. 이제 일해야 하니 선생님이 하는 말을 잘 들어야죠. 나중에 다시 전화할게요"라는 소리를 옆에서 몇 번인가 들은 적이 있었다. 과연 누구에게 하는 소리일까. 작년에 교통사고로 세상을 떠난 부인의 어머니일까. 장모님치고는 혼을 내는 뉘앙스에 묘하게 위화감이 있었다. 어느 날 나는 호기심을 이기지 못해 가지야 씨에게 물었다.

"지금 통화한 사람은 가지야 씨 장모님인가요?"

그러자 가지야 씨는 "아니, 예전에 단골이던 스낵바 여사장이야. 이제 아흔둘이 다 돼서 건강이 안 좋아 병원에 들어가 있는데 얼른 집에 가고 싶어 해. 그때마다 나한테 전화를 거는데, 난감해. 아무리 잔소리를 해도 알아주질 않네"라고 하는 게 아닌가.

아무래도 그녀를 돌봐주는 사람이 없고 집이 가까워서 병원에 데리고 가는 일이나 입원 수속을 포함해 여러모로 뒷바라지를 하고 있는 듯했다.

"와아" 하고 놀라는 나에게 가지야 씨는 "병원에서는 근처 특별 요양 시설에 우선적으로 입소할 수 있다며 권하는데, 집이 좋다고 본인이 받아들이질 않아. 본인은 전 재산을 나한테 물려줄 거라고 하지만"이라고 한탄을 했다. 그렇다면 가지야 씨도 돌보는 보람이 있지 않을까 싶어서 "자산가인가 보네요?"라고 묻자 가지야 씨가 "하하, 통장 잔액 90만 엔이야"라며 웃었다.

"네? 그럼 이제 곧 입원비로 쓰면 끝이잖아요."

"그렇게 되면 연립에 사니 국가에서 지원을 받겠지."

나는 가지야 씨의 인간성을 새삼 다시 봤다. 가지야 씨는 그런 일을 온전히 선의로 하고 있는 듯했다. 지금까지 한 그의 이야기에서는 자신을 좋게 보이고 싶어 하는 마음을 느끼기도 했지만, 이것만큼은 누구나 할 수 있는 일이 아니었다.

세상에는 이런 사람도 있다. 최근에 읽은 책에서 AV감독인 무라니시 도오루가 아버지에 대해서 이야기했다. 그에 따르면 아버지는 우산 수리 행상인으로 입버릇처럼 한 말이 있다고 한다. '세상은 기쁨을 주는 놀이다. 세상 사람들은 기쁨을 주는 일로 성립돼 있다'라는 것이다.

나는 이 말을 참으로 마음에 들어 하는데, 가지야 씨는 그 이상의 일을 하고 있다는 생각이 들었다. 보답을 전혀 기대할 수 없어서이다. 안전유도원 중에 이렇게 멋지고 엉큼한 영감이 있다는 사실을 알아주길 바라는 마음에 이곳에 기록한다.

[추가] 스낵바 사장은 92세로 세상을 떠났다. 사인은 암이었고, 가지야 씨는 그녀의 여동생 부부를 대신해서 정성을 다해 납골까지 했다고 한다.

제 2장

안전유도원의 기쁨과 슬픔,
때때로 차오르는 분노

일본의 엘도라도
「 똥오줌을 둘러싼 우스꽝스럽기 짝이 없는 전말 」

와세다 쓰루마키초의 빌딩 건축 현장에 파견되었을 때의 일이다. 6층짜리 빌딩을 건축 중이었고 4차선 도로에 인접해 있었다. 자재가 쌓인 4톤과 8톤 트럭에서 빌딩 최상층을 중심으로 크레인이 다양한 자재를 들어올려서 반입해나갔다.

안전유도원은 주로 보행자와 자전거를 유도했다. 물론 평행주차하는 트럭을 유도하기도 하지만, 차선에 여유가 있어서 이건 대수롭지 않았다. 일 자체는 어렵지 않았지만 보도 위에서 자재를 매단 크레인이 앞뒤로 움직이기에 신경을 써야 했다.

오늘 상대는 유게라는 쉰 전후의 남성으로 이 현장에는 상주하다시피 오고 있었다. 업무 전에 물어보니 안전유도원 경력이 8년

이라고 했다. 다소 깐깐한 사람으로, 새침하게 나를 보고 "경력이 얼마나 돼요?" "나이는요?" "어디에서 왔어요?" "전직은 뭐였죠?" 라고 끊임없이 물어왔다. 계속 질문을 받으니 짜증이 나서 유게의 경력은 그때 물었다.

조례[1] 때인 8시에는 작업기사가 열댓 명 있었는데, 저마다 자신이 담당하는 층으로 올라갔다. 그들의 물건은 1층 자재 위나 벽 후크에 걸려 있었고, 그곳에 다 들어가지 않는 보스턴백은 입구 근처에 대충 놓여 있었다. 그 후 입구 부근에 놓아둔 개인 물건이 조금 비참한 피해를 입게 되었다.

보통 이런 건축 현장에서는 크레인이 일을 끝내고 물러나면 안전 유도 일도 끝나서 유도원도 돌아갈 수 있다. 오후 1시에 끝나도 하루치 일당이 지급된다. 그러나 현장 절차상 하나라도 자재가 남아 있으면 오후 5시가 되어도 돌아갈 수 없다.

이날은 오후 1시 반에 자재 쌓기 작업이 종료되어 크레인도 인양되었다. 그러자 바로 분뇨수거차가 현장 앞에 평행주차를 하고서 빌딩 입구 앞 빈 공간 안에 설치된 이동식 가설 화장실의 오물 흡입을 시작했다. 보도를 가로질러 호스가 뻗어 있어서 보행자가 넘어지지 않도록 두꺼운 고무 깔개를 호스 위에 덮었다.

---

1 건축 현장뿐만 아니라 대부분의 현장에서는 조례를 한다. 그렇다고 해도 소규모 현장에서는 간단한 작업 확인과 안전 구호, 그리고 라디오 체조 정도만 한다. 한 번은 회사의 연락 실수로 15분 정도 동료와 늦게 입장했더니 이미 조례가 끝나 있어서 감독이 격노한 적이 있다. 조례는 의외로 중요한 의식이다.

유게의 말로는 전날 동네 주민으로부터 화장실 냄새가 심하다는 클레임이 나왔다고 한다. 건축 현장 뒤편에는 여전히 오래된 단독주택이 꽤 있었다. 화장실을 사용한 후 제대로 문을 닫지 않은 작업기사가 있었던 모양인지 냄새가 더더욱 주변에 퍼진 듯했다. 그때 현장감독은 오물을 흡입한 후에 가설 화장실을 빌딩 1층 내부로 이동시키려고 생각한 모양이었다. 흡입 작업이 끝난 후에 퇴근할 수 있나 싶었지만, 그 생각은 안이했다.

감독은 쉰이 조금 덜 되고 체격이 다부진 남성이었다. 분뇨수거차가 물러나자마자 감독은 차와 연결되어 있지 않은 가설 화장실을 이동시키는 데 임했다. 허지만 아무리 애를 써도 감독 혼자서 할 수 있는 일이 아니었다. 유게는 내 얼굴을 응시하더니 "도와주죠"라고 말했다. 나는 내심 '뭐어?'라는 반응을 보이고 있었다. 세 명이 들러붙어도 직사각형이라서 들어 옮기기 힘든 가설 화장실은 자칫하면 옆으로 쓰러질 우려가 있었다. 감독은 우리에게 도우라고 하지 않았지만, 그걸 기대하고 있는 듯했다.

나로서는 젊고 힘 있는 작업기사 두세 명을 불러다 돕게 하면 작업도 척척 진행되리라고 호소하고 싶은 심정이었다. 아니나 다를까 손잡이가 제대로 달려 있지도 않은 가설 화장실은 옮기기가 힘들었다. 힘이 없는 나는 혼신의 힘을 쥐어짜낼 수밖에 없었다.

빌딩 입구 앞에서 가설 화장실은 균형이 무너져서 휘청 기울어졌다. 그러자 기껏 분뇨수거차로 퍼냈을 텐데도 황금색의 꽤 많은 물이 쏟아졌다. 그런데도 감독은 개의치 않고 옮기려고 해서 작업 기사의 보스턴백에도 그 물보라가 쏟아졌다. "앗" 하고 소리를 낸 것은 나뿐이었다. 황금색 오물 안에 내 신발이 잠겨 있었다. 어쨌거나 고생해서 1층 안에 가설 화장실을 설치한 후, 감독은 냄새 제거와 소독을 겸하는 양 파란색 액체를 뿌리기 시작했다. 그러고서 나한테 빌딩 뒤편으로 돌아가 냄새가 주변에 퍼졌는지 확인하고 오라고 했다.

지독한 냄새 속에서 작업한 직후였다. 뒤편으로 돌아가니 그 정도까지 냄새가 나는 것 같지 않았다. 감독에게 그렇게 보고하고 나서 5분 정도 지나자 이웃 주민 세 명이 왜 이렇게 냄새가 나냐고 감독에게 항의를 하러 왔다. 감독은 고개를 꾸벅꾸벅 숙여가며 변명을 하고 있었다. 주민도 떨떠름한 표정을 계속 짓고 있었지만 의외로 순순히 물러났다.

그 물보라를 뒤집어쓴 네다섯 개의 보스턴백은 어떻게 되는 걸까 하고 남의 일인데도 소지품 주인을 동정했다. 내 신발 바닥은 오물투성이일 테다. 수돗물로 꼼꼼하게 씻어냈지만 바지에도 물보라가 튀었을지도 모른다. 불쾌하기 짝이 없었다. 전철을 타고 퇴근할 때 혹시 주변 승객에게 냄새가 나지 않을까 싶어서 우울해졌다. 2시 반에 일찍이 일이 끝났지만 조금도 기쁘지 않았다.

그로부터 얼마 후에 안전유도원 다섯 명이 있는 현장에서 잡담을 하는 동안 내가 이 이야기를 꺼내자 잘 아는 안전유도원이 더 비참한 이야기를 해주었다.

"시골에 있는 단독주택 건설 현장에서 가설 화장실을 이동하게 됐는데 말이야, 차가 적은 2차선 도로를 가로질러서 반대편 현장에 가설 화장실을 설치하라고 해서 안전유도원인 나도 돕게 됐어. 작업기사 셋이랑 나까지 해서 네 사람이 말이지. 그런데 도로 한가운데에서 작업기사 한 사람의 손이 미끄러져서 가설 화장실이 완전히 쓰러졌지 뭐야. 분뇨수거차로 퍼내지도 않은 상태라서 난리도 아니었어."

그는 펄쩍 뛰어서 다리를 버둥대고 손을 파닥대며 "으악, 으악, 으악" 하고 그때의 모습을 재현했다. 다들 "으아아악" 하고 소리를 내면서 폭소했다.

"그래서 어떻게 됐어?"라고 누가 묻자 그는 "경찰도 오고 큰일 났지"라고 말했다. 당연히 그럴 테다. 더구나 그를 포함해 세 사람은 신발뿐만 아니라 바지에도 물보라를 뒤집어썼다. 그는 서둘러 바지에 현장 호스로 물을 뿌

렸고 흠뻑 젖은 채 근무했다. 신발과 바지는 한동안 냄새가 남았다고 한다.

일본판 엘도라도[2]는 이렇게까지 냄새가 지독했다.

---

2 스페인의 16세기 대항해 시대에 알려진 안데스 오지에 존재한다고 여겨지는 전설의 황금지대를 말한다. 어원은 콜롬비아 치브차족의 '황금을 칠한 사람'이다. 족장이 황금 가루를 뿌려서 목욕을 했다는 제사 의식에서 파생된 듯하다.

대실패
「 사인을 거부한 감독의 사정 」

일은 실수를 하면서 익히는 걸지도 모른다. 나는 오늘 이 말을 곱씹었다. 나에게 전적으로 잘못이 있었다. 안전유도원은 하루에 9시간 업무 시간 중에 휴식 시간이 1시간[1]이다. 그사이에 점심을 먹거나 화장실에 간다.

나는 안전유도원 생활이 8개월쯤 접어들어서 어느 정도 익숙해지고 있었다. 호쿠소 철도 오마치 현장은 역에서 10분 정도 되는, 주택가 안에 있는 도로라서 교통량은 거의 없었다. 가스관 신설 공

---

[1] 거래처와의 계약상 주어진 시간이지만 현장은 늘 같지 않다. 바쁠 때도 있고 한가할 때도 있다. 그때 융통성 있게 휴식 시간이 달라진다. 다만 휴식 시간이 절반 이하가 되면 점심 잔업비가 발생한다.

사라고 들었는데 안전유도원 두 사람이 배치되었다. 먼저 도착한 사와구치도 나와 비슷비슷한 나이로 안전유도원 경험이 1년밖에 되지 않았지만, 두 사람 모두 현장을 보고 "오늘은 수월하겠구먼"이라고 의견이 일치했다.

경비보고서는 내가 쓰게 되었다. 이 경비보고서는 안전유도원이 여럿 있는 현장에서는 전담 안전유도원이 없으면 당일에 서로 이야기를 나눠서 어떻게든 정해야 한다. 그날은 귀차니즘이 심한 사와구치가 "가시와 씨, 부탁 좀 할게요"라고 선수를 쳐서 내가 떠안게 되었다. 그리하여 내가 휴식 등 일정을 짰다.

아침 9시, 기다리다가 잠시 후에 규세토목 스태프들이 덤프트럭 세 대로 연달아 도착하더니 바로 공사를 시작했다. 나는 처음 접하는 회사였지만 감독을 비롯한 작업기사 대여섯 명 누구와도 인사 한마디 나눌 여유가 없었다. 그만큼 그들은 안전유도원은 안중에도 없는 모습으로 가스관 신설 안내와 한 차선 교대통행 간판을 세우고 계속해서 도로에 구멍을 파서 가스관을 매설하는 작업에 임하고 있었다.

안전유도원이 두 명이나 필요로 하지 않을 만큼 차가 지나가지 않았다. 더구나 규세토목의 공사 장소는 버스정류장 승하차 도로처럼 쏙 들어간 장소라서 더더욱 경비하기 쉬웠다. 요컨대 안전유도원은 거의 할 일이 없었다. 근처에는 편의점도 있고 아담한 화장실이 있는 공원도 있었다. 여기서 나는 착각을 했다. 계속해서 휴식을 차례대로 돌렸다. 사와구치도 별 다른 말 없이 휴식을 취했다. 오전, 오후 휴식으로 저마다 20분씩 총 40분에다가 점심 휴식 1시간. 이렇게 한 건 내 경험상 한가한 현장에서는 감독이 누차 그렇게 휴식을 돌려서였다.

오후 무렵 5시 넘어서 작업이 끝났다. 그때 나는 경비보고서를 가지고 마흔다섯 정도에 정말이지 토목 계열 감독다운 관록이 엿보이는, 머리를 바짝 깎은 뚱뚱한 감독에게 사인을 받으러 다가갔다. "수고가 많으십니다. 사인 부탁드립니다"라고 말하자 감독은 불쾌한 듯 20미터 정도 떨어진 장소에 있는 작업기사 쪽을 향해서 "저 녀석들한테 받아요"라고 말하면서 턱을 치켜올렸다.

하는 수 없이 그곳까지 가서 작업기사 중 한 사람에게 사인을 부탁하자 어째서인지 "난 안 해요"라고 거부했다. 옆에 있던 남자에게 마찬가지로 부탁하자 "왜 내가 사인을 해야 하는 거요?"라고 매정하게 대답했다.

"저기, 사인만 해주시면 돼요. 감독이 그리 말해줬으니 부탁할게요"라고 고개를 숙이자 그 남자는 "사인이 그렇게 쉬운 건 줄 아슈?"라고 위협적인 말투로 거부했다. 완전 곤란해진 나는 또다시 감독이 있는 곳으로 돌아가는 수밖에 없었다. 그러자 감독은 "당신네들 휴식만 취하고 장난하는 거요? 그래놓고 사인을 받겠다? 양심이 있어야지!"라고 무시무시한 표정으로 윽박질렀다. 그때 나는 마침내 나의 실수를 알아차렸다. 그들은 감독의 의향으로 한 패가 되어 사인을 거부하고 있었던 것이다.

작업기사들은 점심시간 말고는 거의 쉬지 않고 일하고 있었다. 그런데 안전유도원인 우리는 한가로운 시간을 주체하지 못해 휴식을 총 40분이나 더 취하고 있었다. 본래라면 오전, 오후 10분씩 쉬어 총 20분, 그리고 점심 휴식을 40분 취해야 했다. 그들의 입장에서는 안전유도원이 오늘 한 일은 수월해보였을 테다. 그런데 휴식만 취해대니 불쾌한 녀석들로 비쳤을 것이다. 그들은 안전유도원을 보지 않는 척하면서 유심히 보고 있었던 것이다. 더구나 감독 정도면…… 더 그럴 테다.

이미 늦었다. 나는 이 일이 다른 지사와 한 계약[2]이기도 해서 이 문제는 번거로워지리라고 생각했다. 감독이 회사에 클레임을 걸면 아무리 호의적인 관계였더라도 우리 안전유도원은 불리하다. 더구나 감독의 험상궂은 표정을 보면 고개를 더 숙여도 소용없을 듯했다. 그때 나는 각오를 하고 "알겠습니다. 죄송했습니다. 앞으로는 주의하겠습니다"라고 고개를 숙여 사과하고 돌아가려고 했다. 그러자 감독이 하는 수 없다는 표정을 노골적으로 지으면서 "사인해줄게요"라고 나를 도로 불렀다.

동료인 사와구치는 "무슨 일 있었어요?"라며 태평한 표정으로

---

2 대부분의 경비회사는 지사를 가지고 있다. 당연히 지사마다 경쟁해서 영업하고 있지만, 안전유도원을 배치하다 인원이 부족하면 다른 지사에 지원을 나가기도 한다. 지원 나간 안전유도원이 실수를 저지르면 일을 떠맡은 지사의 체면을 망치게 되어 면목이 서지 않는다.

내 이야기를 듣고 있었다. 그 후 나는 처음 온 현장에서는 반드시 감독이나 대장에게 휴식을 취하는 방식[3]을 맨 먼저 확인하게 되었다. 이 건은 계속해서 괴로운 기억으로 남아 있다.

---

3   중견 건설 청부업자 현장에서는 오전 10시에 30분, 점심에 1시간, 오후 3시에 30분 휴식이 주어진다. 또한 대형 주택 건설회사의 아침 8시부터 업무가 시작되는 현장에서는 오후 2시 반이 되지 않으면 항타기 트레일러가 오지 않는다. 그때까지 할 일이 없으니 두 안전유도원은 감독부터 교대로 3시간씩 휴식을 허락받았다. 이례 중의 이례였다.

불꽃축제
「 나가오카 불꽃축제 안전유도원 2박 3일 기행 」

내가 소속된 경비회사의 지사장 가와바타 씨로부터 연락이 온 것은 나가오카 불꽃축제가 개최되기 전날인 8월 1일 점심이었다. "갑자기 연락해서 미안하지만 내일부터 사흘간 니가타 나가오카의 불꽃축제에 가줄 수 있겠어요?"라고 했다.

"상당히 갑작스러운 제안이네요"라고 망설이면서 대답을 하자 가와바타 씨가 "그렇죠? 우리 지사에서는 전부터 두 명을 보내고 있는데 그중 한 사람이 전화도 받지 않고 연락이 안 되네요.[1] 우리

---

[1] 나도 동료 중에서 두 사람을 알고 있는데, 이렇게 결근하는 사람이 의외로 많다. 아침에 늦잠을 잤다는 등, 가고 싶지 않은 현장에 가도록 억지로 강요받았다는 등. 관제실과의 관계가 악화되어 앙갚음을 하거나 휴대 전화 요금을 미납해서 정지당해 그대로 쉬어버리기도 한다. 이제 슬슬 회사를 관두려고 하는데 말을 꺼내지 못했다……와 같은 상황들이지만 하나같이 사회인으로서 실격에 해당된다.

회사가 지바현 경비회사 전체 간사를 맡아서 하고 있으니 결원이 생기면 난감하단 말이죠. 일당도 하루에 1만 6000엔이 나오니 모쪼록 부탁해요"라며 곤란해하는 모습이었다.

이 불꽃축제는 야마시타 기요시의 그림 <나가오카의 불꽃>으로도 유명하지만, 나도 예전부터 일본 3대 불꽃축제인 만큼 관심은 있어서 마음이 동했다. 더구나 사흘이면 4만 8000엔이었다. 그리 재빠르게 계산해서 가와바타 씨에게 "갈게요"라고 대답했다.

"헬멧은 이쪽에서 준비하니 안 가지고 와도 돼요. 내일 아침 6시에 지사 앞으로 집합하면 왜건이 데리러 갈 거예요"라고 가와바타 씨가 지시했다.

다음 날 지사 앞으로 가자, 동료인 사가와가 와 있었다. 그는 일본 미국 혼혈로, 나이는 서른 전후였지만 머리가 꽤 후퇴해 있었다. 서글서글한 성격이지만 왠지 모르게 나이치고 못미더운 구석이 있었다. 왜건을 기다리는 동안 나는 그와 이런 이야기를 했다.

"어라? 자넨 예전에 나한테 안전유도원 일을 관두고 다른 일을 찾겠다고 하지 않았어?"

"네, 그랬죠. 회사에는 장기 휴무를 신청하고 신주쿠의 특수청소 회사[2]에서 일했는데, 거기가 악덕 기업이라 한 주 만에 관뒀어요."

---

2   사건 사고 현장, 독거노인을 늦게 발견한 고독사 현장의 피해를 입은 실내를 청소하며 원상 복구하는 회사다. 유품정리업자와 혼동하기 십상이지만, 썩어 짓무른 냄새를 제거하고 구더기나 파리 구제, 감염병을 예방하기 위한 살균 소독, 유체 처리 등 고도의 전문 지식이 요구된다.

그래서 다시 경비 세계로 돌아왔다고 사가와가 말했다. 나는 조금 더 물어보았다.

"악덕 기업이었다는 건 무슨 소리야?"

그러자 그는 사정을 설명해주었다.

"4, 5일 일한 후에 사장이랑 작업기사랑 다 같이 한잔하러 갔었어요. 그러다 밤 11시가 지났는데 다 같이 다른 가게에 가자는 거예요. 전 술을 거의 못 하고 다음 날 아침에 7시 반 집합이라 출근 시간이 일러서 집에 가겠다고 하고 돌아갔어요. 그랬더니 이튿날 아침에 사장한테서 '넌 이제 안 와도 돼'라는 소릴 들었어요."

"어울리지 않고 그냥 가버려서 그런가?"

"그런가봐요."

"그런 건 해고 사유가 못 돼. 일당도 못 받지 않았어? 근처 노동청에 가봤어?"

"네. 가봤어요. 거기서 사장한테 연락을 했는지, 사장이 전화하더니 일한 몫은 주겠다고 하더라고요. 전 이제 그 회사에 돌아갈 마음도 없고 사장도 사과해서 일당은 필요 없다고 했어요."

"그거 아깝게 됐네. 관두는 건 상관없지만 일한 몫은 확실히 받아내야지."

그러자 사가와는 "아뇨, 이제 됐어요"라고 말하더니 더 이상 이 화제는 건드리고 싶지 않은 듯했다. 그리고 바로 우리를 배웅하러 온 왜건이 도착했다. 왜건에는 이미 네 사람이 타고 있었다. 운전하는 S지사장인 오타와 그의 오른팔인 아오키, 거기에 S지사 소속 대원인 교고쿠와 나야였다.

왜건은 널찍하고 연식이 얼마 되지 않아 시트도 쾌적하니 승차감이 좋았다. 도호쿠고속도로는 한산해서 막히지 않고 순조롭게 주행했다. 거기서 나눈 대화로 지사장인 오타가 회사뿐만 아니라 지바현 전체 참가 경비회사를 총괄한다는 것도 알았다. 니가타 주변 경비회사만으로는 필요한 안전유도원의 수를 도저히 모을 수 없어서였다.

오타는 마흔쯤에 체격이 땅딸막하고 괜한 말은 하지 않아서 언뜻 성격이 무서운 것처럼 보였지만, 정이 많아 부하에게 인기가 있는 듯했다. 조수석에 앉은 아오키는 고속도로 규제반[3]으로 일하고 있고 서른둘쯤이었던 듯하다. 체격이 좋고 다정한 것 같았다. 나야는 이중에서 제일 젊은 스무일고여덟 정도로, 농담을 주고받으며 친해진 사가와를 놀리면서 떠들어대고 있었다. 교고쿠는 멋없는 60대 중반의 남성이었다. 코가 크고 검게 탄 투박한 얼굴을 하고 있었다. 전직 목수로, 발판에 오르지 못하게 되어 안전유도원이 되었다고 한다. 교고쿠는 외모와는 어울리지 않게 곧잘 말을 하고 괜한 소리를 했다. "이중에서 코 고는 사람은 없겠지? 작년에 코를 엄청 고는 녀석이 있었는데 도저히 못 참아서 밤중에 깨운 적이 있

---

3 도로안전유도원과 달리 공공도로 공사에서 트래픽콘, 바리게이트 등의 규제 자재의 운반, 설치, 철거까지 전문적으로 하는 안전유도원이다. 한편 공사 회사는 그 규제 자재의 보호, 점검이나 자재 설치에 들어가는 수고와 비용을 들이지 않아도 된다.

거든" 하고 곧바로 멤버를 견제하고 있었다. 이야기를 듣자 하니 아무래도 S지사의 멤버는 작년에도 나가오카 불꽃축제에 참가한 모양이었다.

차는 순조롭게 오늘 밤에 숙박할 호텔에 도착했다. 때마침 정오였다. 일본식과 서양식으로 절충된 료칸은 나가오카 불꽃축제에서 차로 한 시간 정도나 떨어져 있었다. 대목 때라서 이건 어쩔 수 없었다. 안내받은 방에 짐을 놓고 회장을 향해 바로 출발했다.

오후 2시부터 안전유도원이 배치되어야 한다. 서둘러 주문 도시락을 먹고 시나노 강에 걸쳐진 오테오 다리로 향했다. 불꽃 경비는 혼잡하다. 사람과 자전거 경비가 주된 업무다. 소속된 회사의 안전유도원은 총 열다섯 명 정도로, 다른 지사 안전유도원이 대장인 듯했다.

나가오카 불꽃축제는 시나노 강의 하천 부지를 중심으로 8월 2일과 3일, 이틀간 열리며 대략 100만 명의 인파가 예상된다. 조세이 다리에서 오테오 다리 사이가 주요 장소로, 직경 650미터로 펼쳐지는 몇 천 발의 샤쿠다마[4]가 그야말로 장관을 이룬다.

나는 오테오 다리를 다 건넌 언덕길 중간에서 경비를 서게 되었다. 오후 2시가 넘어서부터 이미 인파가 붐벼, 다리 위에서도 계속해서 사람과 자전거가 내려왔다. 자전거는 젊은 사람의 경우 인파

---

4   불꽃의 한 종류로 분수처럼 터진다.

에도 개의치 않고 속도를 냈다. 위험하기 짝이 없었다. 나는 그런 사람에게 주의 환기[5]를 해야 한다. 잠시 후에 언덕 위에서 경비하고 있던 교고쿠가 언덕 중간에 있던 나에게 와서 "가시와 씨, 당신 경비를 제대로 안 서고 있어"라고 클레임을 걸었다. 즉 언덕 위에서 속도를 내며 내려온 자전거는 그 앞에서 유도등을 가지고 양팔을 벌리고 서서 정지시켜야 한다고 했다. 그건 자전거를 탄 사람과 안전유도원 모두에게 위험하다고 했지만, 그는 완고하게 물러서지 않았다. "안 그러면 자전거가 서줄 리가 없어"라고 교고쿠는 주장했다. 그러면 정지할 확률은 높아지지만 충돌할 확률도 높아진다. 나는 자전거에는 바로 앞에서 유도등을 수직으로 세워 좌우로 흔들면서 "위험하니 속도 줄여주세요!"라고 큰 소리로 외치기만 하면 된다고 생각했다.

아오키의 순서가 돌아와서 그 위험성을 하소연하니 그는 나와 의견이 같았다. "그 사람은 남의 말을 안 들어요"라며 인상을 찌푸렸다. 이런저런 마찰도 있었지만, 오후 10시에 무사히 불꽃축제 첫날이 끝났다.

료칸으로 돌아오니 오후 11시가 지나가고 있었다. 욕탕은 료칸의 배려로 심야 1시까지 들어갈 수 있었다. 방은 하나를 여섯 명이

---

5   이건 위험한 장소에만 해당되는 게 아니다. 보도에서 공사를 할 때 빨간 트래픽콘으로 둘러싸니까 우선 괜찮다고 생각하기 십상이지만, 실제로는 그것만으로 충분하지 않다. 안전유도원이 "조심하세요"라고 주의를 주지 않으면 스마트폰을 보며 걷는 사람은 알아차리지 못하는 경우도 많다. 교토에서는 지상에서 3센티미터 위에 쳐진 실에 여든이 넘은 노부인이 다리가 엉켜 넘어져 크게 다쳤다. 노인은 다리가 잘 올라가지 않기 때문이다.

썼는데 나와 아오키와 교고쿠, 거기에 다른 지사의 처음 만나는 안전유도원 세 명이 썼다. 좌우지간 피곤해서 맥주 한 캔을 마시는데 잠기운이 덮쳐왔다. 그때 온 방에 요란한 코골이가 울려 퍼졌다. 누군가 하고 모두가 이미 깔려 있는 이불을 돌아보니 코골이의 주인은 교고쿠였다. 나는 어처구니가 없었다. 그만큼이나 차 안에서 코를 고는 동료는 남에게 민폐를 끼친다고 비난했는데……. 교고쿠는 분명 술을 못할 터였다.

이튿날 아침, 로비에서는 회사 안전유도원 열다섯 명을 앞에 두고 지사장인 오타가 훈시했다. 그는 "불꽃놀이에 정신이 팔려[6] 안전 유도 일을 소홀히 하는 대원이 있습니다. 몇 번인가 주의를 주었지만 개선되지 않더군요. 여러분도 주의해주길 바랍니다. 우리는 불꽃놀이를 구경하러 온 게 아닙니다"라고 무시무시한 얼굴로 지명하지는 않았지만 어느 대원을 응시하면서 이야기를 하고 있었다. 그 대원은 일흔 정도 되는 몸집이 아담한 남성으로 오타의 이야기가 끝날 때까지 겸연쩍어하고 있었다. 어젯밤에는 상당히 혼쭐이 났을 테다.

8월 3일도 같은 장소에서 경비가 시작되었다. 오후 3시 무렵, 교고쿠가 무전기로 다리 위 도로를 사이에 두고 건너편에 있는 사가와에게 주의를 주고 있었다. "여자랑 뭘 그렇게 떠드는 거야? 너,

---

[6] 불꽃축제 경비를 할 때 안전유도원이 반드시 주의를 받는 것 중 하나가 '불꽃을 보지 말라'이다. 그런데도 넋을 놓고 보는 안전유도원이 많다. 도쿄 아카바네의 불꽃축제에서 젊은 동료는 불꽃을 올려다보고 있다가 소속된 회사 사장에게 걸려서 호되게 혼쭐이 났다.

경비는 언제 하려고 그래?" 아무래도 사가와는 불꽃축제를 구경하러 온 예쁜 여자아이와 20분 가까이 이야기에 몰두했던 모양이고, 그걸 교고쿠가 주의를 준 듯했다. 그러자 사가와는 순순히 받아들이며 "네에" 하고 나른하게 대답했다.

이 교고쿠는 아무래도 S지사에서도 내놓은 사람[7]인지 이날도 종료하는 찰나에 다른 지사의 감독과 큰 소리로 실랑이를 벌이는 문제를 일으켰다. 교고쿠와 말다툼을 벌이던 감독은 무전기로 오타에게 "업무로 반항하는 대원이 있어서 난감합니다"라고 큰 소리로 호소하고 있었다. 참으로 한심해보였다.

낮과 밤, 도시락은 나왔지만 양만 많았다 뿐이지 그렇게 맛있지는 않았다. 특히 밤에 먹은 도시락은 전기도 들어오지 않는 가설 텐트에서 먹은 탓에 맛없기만 했다. 어둠 속의 식사가 이만큼이나 식욕을 감퇴시킬 줄은 몰랐다.

이틀간의 일정을 무사히 마치고 돌아가는 왜건에서는 모두가 하나같이 마음을 푹 놓은 표정을 하고 있었다. 특히 교고쿠는 우렁차게 "우리 마누라는 중국인이라 기가 세서 어찌나 대하기 힘든지 몰라. 자네도 그렇지?" 하고 마찬가지로 중국인 아내를 둔 아오키에게 말을 걸었다. 아오키는 "우리 집도 그렇긴 해요"라고 하는 수

---

7   어느 경비회사든 내놓은 사람이 있기 마련이다. 그 몇 가지를 꼽자면, 지각이 잦고 동료와 자주 트러블을 일으키고 내근자나 관제실에 반항적인 태도를 취하고 업자가 지명할 정도로 클레임을 많이 받는 사람이다. 하지만 일손이 부족할 기미가 보이면 그리 간단히 관두게 할 수는 없다.

없이 장단을 맞추었다. 그러자 독신인 사가와가 "부부가 원만하게 지내는 비결이 뭐예요?"라고 느닷없이 얼빠진 목소리로 물었다. 그만 나는 "결혼 전에는 양 눈을 뜨고 결혼 후에는 한 눈을 감으면 돼"라고 셰익스피어의 말을 가르쳐주었다. 사가와는 이 말이 마음에 들었는지 몇 번이나 나에게 되물었다.

그렇게 나가오카 불꽃축제 경비는 무사히 끝났지만, 다음 해에도 참가하라고 하면 주저할 것 같다. 어쨌거나 아침부터 심야까지 속박되어 있으니 피로가 풀리지 않았다. 그래도 안전유도원으로서 한 번은 경험해 보면 좋을 것이다. 마음이 맞는 동료가 함께라면 여행 기분에 잠길 수 있다.

참고로 나가오카 불꽃축제의 클라이맥스라고도 할 수 있는, 강가를 따라서 2킬로미터라는 엄청난 길이에 달하는 불꽃이 터지는 '피닉스'에 시선을 빼앗기지 않고 안전 유도를 하는 극기심이 필요하다는 사실을 덧붙이고 싶다.

자존심

「 대학을 나와서 안전유도원을 하는 건 부끄러운 일인가? 」

아내가 어느 날 "당신은 대학씩이나 나와서 안전유도원 일을 하는 게 부끄럽지도 않아?"라고 물은 적이 있다. "부끄럽다든가 부끄럽지 않다든가 하는 생각을 해본 적이 없어"라고 답하자 아내는 "그럴 줄 알았어. 요컨대 당신은 자존심이라는 게 없다는 소리네"라고 더한 소리를 했다.

분명 그렇다고 한다면 그렇기도 하지만 나는 정말 자존심이 없는 남자일까. 하지만 경비원으로서 풍채가 보잘 것 없는 할아버지나 젊고 건방진 안전유도원이 사사로운 일로 잘난 체하면 썩 유쾌하지 않다. 사람을 깔보는 듯한 언동을 하는 짓궂은 안전유도원이 있으면 반발심도 생긴다. 그리 생각하면 나한테 절대 자존심이 없다고는 할 수 없다. 다만 평소에는 자존심이라는 거추장스러운 것을 가지고 있으면 안전유도원이라는 직업상 아무 것도 플러스가 되지 않을 뿐이다.

차로 단 30미터 우회할 뿐인데 깐족대며 불평불만을 부리는 운전자도 있다. 중장비 소리가 시끄러워서 감독의 지시가 들리지 않아 도로 물었을 뿐인데 "이 인간이 장난하나!" 하고 욕을 먹을 때도 있다. 이럴 때 저자세로 일을 해결하려고 하는 자신을 절대 비겁한 사내라고는 생각하지 않는다. 참을 수 있는 건 참고 주어진 안전유도원으로서의 역할을 다해내는 것이 내 일이다. 그래서 발끈할 때가 있어도 우선 나오는 말은 "죄송합니다"거나 "실례했습니다"이다. 하지만 나도 인간이다. "죄송합니다"라는 말이 "장난해?"가 될 때가 있다. 내 자존심이 상처를 입어서일까. 아무래도 그렇지는 않은 듯하다.

아침 9시에 일이 시작되는 현장에서 안전유도원 세 사람은 작업기사가 도착하기를 기다리며 도로 가장자리에 나란히 서 있었다. 그러자 8시 50분 조금 전에 2톤 트럭이 왔다. 운전석에서 스무 살 정도 되는 양아치 같은 작업기사가 우리 근처에 트럭을 몰고 와서 큰 소리로 고함을 지르기 시작했다.

"이봐! 댁들 한 차선 교대통행이랑 통행금지 간판도 안 세워놓고 거기서 뭘 멀뚱히 서 있는 거야!" 근처 주택에서 클레임이 나올 것 같은 큰 소리였다. 우리는 모두 얼굴을 마주볼 뿐이었다.

이곳은 장기 공사 현장이라서 간판이나 트래픽콘은 바로 눈앞의 자재 창고에 놓여 있다. 나는 트럭이 온 뒤에 간판을 가지고 지정된 위치로 가려고 했는데, 조금 전의 젊은 작업기사가 무시무시한 표정을 짓고 내게 다가와 "뭘 꾸물대는 거야? 얼른 간판 세우라고 했잖아!"라고 아까와 같은 말투로 고함을 질렀다. 맨 처음에는 무시했지만 이번은 두 번째였다. 나는 기다렸다는 양 대꾸했다.

"큰 소리 내지 마요. 한 차선 교대통행, 차량 통행금지, 우회 간판은 9시 이후에 공사 차량이 와야 세울 수 있어요. 아직 9시 10분 전이잖아요. 간판을 세우면 운전자들한테 클레임이 나온다고요! 혹시 이해 못하겠으면 감독을 불러요."

젊은 남자는 흠칫한 표정을 지었다. 갈수록 얼굴이 붉어졌다. 자신의 착각을 알아차린 게 틀림없었다. 아무 반론도 하지 않고 뾰로통하게 나한테서 멀어져갔다. 하지만 젊은 작업기사를 찍소리도 하지 못하게 만들었다는 의기양양한 감정은 조금도 없었다. 남은 것은 개운치 못한 뒷맛뿐이었다. 요컨대 나는 젊은 작업기사에게 안전유도원으로서의 울

분을 이때라는 양 풀었을 뿐일지도 모른다.

이건 조금 극단적인 예지만 '안전유도원으로서 반성해야 하는 점이 있지 않았을까, 긴장감은 있었을까'라는 생각도 들었다. 어쩌면 그 작업기사는 전날 함께했던 안전유도원과 트러블이라도 있었던 게 아닐까.

안전유도원의 자세는 작업기사가 스트레스 없이 안전하게 일을 할 수 있도록 하는 것이다. 자신의 자존심을 충족시키기 위해 일을 하는 게 아니다.

예전에 어느 현장에서 파트너가 된 안전유도원은 82세였는데 그와 웃지 못할 에피소드가 있다. 곧잘 젊은 동료에게 설교해서 그를 싫어하는 사람이 많았다. 나도 마찬가지로 설교를 들은 적이 있다. 나의 뭐가 마음에 들지 않았는지 갑자기 "가시와 씨, 당신도 작업기사를 감동시킬 만한 안전유도원이 돼야 하지 않겠어?" 하고 거만한 시선으로 잔소리를 했다. 그런데 이 사람은 현장에서 종종 장소를 마음대로 이탈했다. 그래서 "또 없어? 그 영감쟁이 또 어딜 간 거야!" 하고 작업기사가 어처구니없어 했다. 그런 사람이 하는 설교라서 아무 설득력도 없었다. 자존심만 세서 동료한테 야유나 받는 사람이었다. 정말 웃기지도 않는다. 안전유도원에게 있어서 자존심은 그런 대접에 요주의하는 것이다.

씩씩한 이방인

「 외국인 노동자들과의 교류 」

내가 말하는 것도 이상하지만, 이 일기에는 인격자[1]가 거의 등장하지 않는다. 도로안전유도원이라고 하는 일의 성격상 동료와 인간관계를 깊이 쌓는 경우가 우선 없다. 더구나 현장이 매일 달라져서 파트너도 다르다. 일을 끝내고 한잔하러 가는 일도 없다. 다들일이 끝나면 "수고하셨습니다"라고 인사를 하고 재빨리 퇴근한다. 요컨대 동료가 인격자인지 아닌지 알 수가 없다.

반대로 짓궂은 사람, 잔소리가 심한 사람, 거만한 사람 등은 단한 번 간 현장이라고 해도 인상이 강하게 남는다. 따라서 이 일기

---

1 무엇을 예를 들어서 인격자라고 할 수 있는지는 어렵지만, 안전유도원으로서는 타인에게 함부로 고함을 지르지 않고 상대의 인격을 존중하며 잘난 체를 하지 않고 기량이 떨어지는 이에게 정중하게 알려주고 팀의 평화를 중요하게 여기는 사람 정도라고 할까. 하지만 이 정도 조건조차 충분하게 갖춘 사람이 적다.

에는 그런 인물이 종종 등장하게 되었다.

　나도 안전 유도 일을 하면서 세간에는 이렇게나 가치관과 성격이 다른 사람이 많다는 사실에 놀라기도 했다. 때로 현장감독 중에는 극단적인 사람이 있어서 종종 놀란다.

　도로 옆 도랑 청소와 신설 작업을 하는 어느 현장의 경비를 섰을 때의 이야기다. 트럭 두 대를 나란히 세우고 몇 군데나 이동하면서 작업을 했다. 작업기사는 네 사람 있었다. 현장은 쓰쿠바 익스프레스의 모 역 근처라서 개발 중인 도로가 넓은 것치고는 차가 거의 지나가지 않았다. 맨 처음에 작업 차량을 주차하고 약 20분간 차가 한 대도 지나가지 않았다. 작업이 끝날 무렵 밴 한 대가 근처에 섰지만 그건 공사 사무소 차였다. 내린 사람은 비틀거리고 철사처럼 보이는 예순이 넘은 감독이었다. 조례 후 동료에게 들은 바로는 이 공사 사무소에서 넘버3라고 했다. 어쨌거나 이 사람은 잔소리가 심해서 자꾸만 안전유도원에게 주문을 덧붙였다.

　나는 도로가에 서 있는 트럭 옆에서 공구와 재료가 오르내리는 데 주의하며 경비를 서고 있었다. 그러자 그 철사 같은 감독은 무서운 얼굴을 하고 내가 서 있는 장소에 얼른 주문을 덧붙였다.

　"그 위치에서는 세 방향에서 오는 차를 전부 다 내다볼 수 없잖아요!"

　"네, 죄송합니다"라고 했으나 전부 내다볼 수 있었다. 단순한 T

자로였고 도로도 넓었다. 어디에 서 있어도 주위가 일목요연하게 보였다. 더구나 차가 지나가지 않았다. 요컨대 어쨌거나 자신의 위엄을 드러내고 싶을 뿐인 것이다.

그러다 작업 종료 직전에 차가 다가왔다. 철사 감독은 "어이, 소장 찬데 유도 안 해?" 하고 나를 꾸짖었다. 처음 간 현장에서 어느 게 소장의 차인지 알 수 있을 리가 없다. 더구나 유도하라고 했지만 도로 폭은 넓고 어디에 세워도 잠시라면 누구한테도 클레임이 나올 만한 장소가 아니었다. 아니나 다를까 소장의 차는 철사 감독의 밴 뒤에 붙었다. 불과 몇 분 만에 소장은 돌아갔다. 그도 바로 뒤에 일단 물러났다. 그러자 작업기사 중 필리핀 사람이 나한테 말을 걸었다. "가드맨 아저씨, 저 녀석이 하는 말은 신경 쓰지 마요. 저 녀석은 모두한테 미움받고 있으니까요. 그리고 오후부터 자주 한잔하러 가요"라고 말했다. "흠, 진짜요? 도저히 못 믿겠네요" 하는 대화를 시작으로 점심시간에 10분 정도 그와 이야기에 푹 빠지게 되었다.

그의 이름은 묻지 않았지만 나이는 35세 정도로 기타리스트인 안토니오 고가처럼 몸집이 땅딸막하고 단단했다. 얼굴도 닮았다. 필리핀 사람 특유의 밝은 사내였다. "결혼했어요?"라고 내가 서슴없이 묻자 그는 계속해서 말해주었다.

"결혼한 지 8년 됐어요. 부인은 세 살 연하고 필리핀에 있어요. 애도 둘 있어요. 남자애 하나 여자애 하나요. 부인이 나보다 일본어 훨씬 잘해요. 난 텔레비전으로 일본어 배웠어요."

"둘이서 일하면 저축할 수 있지 않아요?"

"돈이 안 모여요. 일본은 뭐든지 비싸고 필리핀 사람은 다들 자기 나라에 있는 가족한테 돈을 보내줘요. 집세 내고 나면 얼마 안 남아요."

"일본에 온 지 몇 년 됐어요?"

"벌써 12년이요. 언젠가 필리핀에 돌아가고 싶지만 그쪽에는 일이 없어요."

"이 일은 어떻게 찾았어요?"

"나, 국제면허증 가지고 있어서 동료가 소개해줬어요. 필리핀 동료 소개 많아요. 결혼하고 나서 쭉 이 일 해요."

"입맛에 따라 고를 수가 없죠? 먹고 살아야 하고요."

"맞아요. 더구나 생활비도 보내야 하고요. 언젠가 돈 모아서 필리핀에서 회사 차리고 싶어요."

"애들 교육은 어떻게 하고 있어요?"

"첫째가 일본 초등학교에 막 입학했어요. 아직은 그렇게 돈 많이 안 들어요."

"일본인이랑 한잔하러 간 적 있어요?"

"있어요. 한잔하면 일본인도 필리핀인도 상관없어져요. 이번 달 말에 또 다들 마실 거예요. 아저씨도 올래요? 하하하."

그는 휘파람을 부르는 듯한 밝은 말투로 이야기했다. 싹싹한 그와 이야기하고 있으니 이쪽도 즐거워졌다. 조금 전의 불쾌한 철사 감독의 일은 까맣게 잊어버렸다. 그의 행운을 빌고 싶었다.

그와 이야기를 나누면서 예전에 다른 현장에서 만난 인도네시아 사람, 베트남 사람, 몽골 사람, 이라크 사람을 떠올렸다. 다들 부지런해보였다. 젊은 일본인들이 하고 싶어 하지 않는 힘쓰는 일이나 지저분한 일에는 그들 같은 외국인의 도움이 필요하다.

그들을 고용하는 측에도 외국인이기에 따라오는 문화의 차이와 사고방식의 차이가 있어서 나름대로 고충이 있는 듯하다. "일을 익히면 조건이 좋은 곳을 찾아서 바로 관둔다"고 하소연하는 감독도 있지만, 그렇다 해도 현장은 그들의 힘 없이 일이 돌아가지 않는다. 공존공영이 이상적이다.

파친코 가게 안전유도원
「 감시 카메라가 있어서 설렁설렁할 수 없다 」

현재의 경비회사에 입사한 지 2개월 정도 지났을 무렵 관제실에서 전화가 왔다. 11월부터 주로 파친코 가게 경비를 하러 가 주었으면 한다는 것이었다. 그리고 나는 오전 7시 반부터 오후 3시 반까지 한 달에 스무 번 근무를 배정받았다. 자택에서 근무지까지 족히 한 시간은 걸렸다. 아침 5시에는 기상해야 했다.

근무 시간표를 보니 나 외에도 다른 안전유도원이 네 사람 있었는데 11월에는 가지야가 열네 번 근무, 오사코가 열두 번 근무, 후루타가 아홉 번 근무, 미쓰이가 다섯 번 근무를 서게 되어 있었다. 오후 3시 반부터 밤 11시 20분까지 서는 근무는 나 같은 경우 퇴근하는 전철이 끊기기 때문에 설 수 없다.

왜 내가 굳이 거리가 먼 파친코 가게 경비를 배정받았는지는 관제실에 물어볼 기회를 놓쳐서 지금도 모른다. 다른 안전유도원 중 두 사람은 자전거로 출퇴근할 수 있는 곳에 살고 있었다.

근무 시작은 아침 7시 반부터지만 그 20분 전에는 도착해서 준비를 해야 한다. 근무복으로 갈아입고 나서 우선은 파친코 가게 주변을 시간을 들여 청소한다. 오후부터 건물 주변을 청소하는 청소부가 두 사람 출근하지만, 그래서는 늦으니 안전유도원들이 해야만 한다.

넓은 보도에 심겨 있는 가로수에서 낙엽이나 도토리가 꽤 넓게 흩어진 채 떨어져 있었다. 이 도토리가 보행자나 자전거에 밟히면 깨진 열매가 길에 끼어서 청소하기 힘들다. 그리고 12월이 지나면 도로 중앙 분리대에 있는 키가 큰 소나무에서 마른 소나무 잎이 대량으로 주차장 근처로 밀려온다. 또한 건물 주변의 화단에는 컵소주나 빈 캔이 내버려져 있었다. 꼼꼼하게 청소를 하자면 40~50분 정도가 걸린다. 더구나 창고 안을 정리하거나 물세척하는 것도 일과이다.

다음으로 8시 반에는 차가 입고할 수 있도록 실내 주차장 입구에 놓여 있는 물이 담긴 무거운 주차금지 플라스틱 간판 네 개를 정리한다. 이어서 자전거 주차장 막대에 걸쳐져 있는 사슬을 풀어서 실내 창고에 넣는다. 9시 반 전에는 파친코 기계 우선권을 얻기 위해 주차장 앞에 손님이 줄을 서기 때문에 자리에 배치해야 한다.

　이때 손님과 세상 돌아가는 이야기[1]를 할 때가 자주 있다. 어느 날 연배가 있는 손님으로부터 "경비하시는 분은 파친코 안 하슈?" 라는 질문을 받은 적이 있다. 그때 나는 "예전에 가구라자카에서 사무실을 차렸을 때는 바로 근처에 파친코 가게가 있어서 자주 했는데, 파친코를 하기 시작했다 하면 나도 모르게 일을 소홀히 하게 돼서 관뒀어요. 벌써 30년 이상이나 안 했네요"라고 대답했다. 그러자 그 손님은 "허어, 가구라자카라니, 꽤 근사한 곳에 사무실을 차렸군요. 그게 지금은……" 하고 말하다 입을 다물었다. 그 손님에게 악의가 있을 리 만무하지만 안전유도원은 역시 밑바닥 일인 듯했다. 그런 생각까지 들었다.

　이 시간이 조금 지나고 나면 주차장에 차가 오기 시작한다. 나는 도로에서 보도를 가로질러 입고하는 차와 넓은 보도 위를 오가는 자전거나 보행자 사이에서 일어나는 접촉사고를 막기 위해 유도등을 들고 주차장 입구의 적당한 위치에 선다.

　대기하는 손님이 가게에 들어오면 교대하다시피 근처 편의점에

---

[1]　상주하다시피 하는 안전유도원이 된 파친코 가게에서는 안면을 터서 매일 인사나 세상 사는 이야기를 하게 된 사람도 있었다. 그렇다고 해도 이쪽에서 먼저 "이번 달에는 땄어요?"라든가 "오늘은 킹이 나왔나요?"라고 물어서는 안 된다. 도박은 대부분의 사람이 지는 게 상식이기 때문이다. 차로 내점하는 손님에게는 "어서 오세요"라고 인사를 하지만 출차할 때는 "감사합니다"라고 말하지 않고 가만히 배웅한다. 같은 이유에서다.

서 점원이 종업원의 점심 도시락을 배달하러 온다. 내가 주차장 2층에 있는 종업원 탈의실, 대기실, 화장실이 있는 장소로 안내한다. 그 입구는 비밀번호를 입력해야만 들어갈 수 있기 때문이다. 배달하러 온 사람은 주로 여성이며 젊으면 스물이 넘었고, 그 외에는 쉰이나 예순쯤 된다. 다들 늘 마스크를 쓰고 있다.

어느 날 입구로 안내하면서 쉰 정도 되는 여성에게 "아가씨, 참 미인이구려" 하고 농담을 섞어서 립서비스를 했더니 그녀는 센스가 넘치는 사람인지 "어머, 미인은 마스크를 써도 알아보나봐요"라고 대답했다. 그때 내가 "알다마다요. 다만 절대 마스크는 벗지 마세요"라고 말하자 그녀는 마스크에서 입이 삐져나오지 않을까 싶을 만큼 폭소를 터뜨렸다. 이런 소소한 일들이 기분 전환[2]이 된다. 그건 그렇고 편의점도 일손이 부족한 탓인지 요즘 들어 연배 있는 여성이 눈에 띈다.

젊은 여성에게는 이런 농담도 성희롱으로 받아들여질지 몰라서 하지 않도록 한다. 기분을 상하게 해서 파친코 가게 점원에게 하소연이라도 하면 즉시 잘린다. 하지만 스무 살쯤 되는 편의점 점원에게도 별 지장이 없을 정도의 농담은 한다.

파친코 가게 주차장 부근에는 까마귀가 많아서 "까악까악" 하고

---

2 혼자 경비를 설 때는 타인과 대화를 나누는 게 기분 전환이 된다. 파친코 가게에서는 오후가 되면 청소부 두 사람이 출근한다. 한 사람은 8년 전 파친코 가게 개점 당시부터 근무해서 정보통이라 여러 가지를 가르쳐주었다. 그는 대기업 사원이었지만, 지바현에 집을 지은 직후에 오사카 전근 내정을 받아 회사를 관두었다고 한다. 곧 환갑이어서 연금을 기대하며 일을 두 탕 뛰고 있었다.

시종 울면서 날아다닌다. 어느 날 젊은 사람이 배달하러 왔는데 그날은 모처럼 까마귀가 한 마리도 없었다. 그때 그녀에게 "요즘에 까마귀가 통 안 보이는데 아가씨가 잡아먹은 거 아냐?"라고 심히 진지한 표정으로 말했더니 이 또한 포복절도했다.

그렇게까지 재미있는 농담이 아니라고 생각하는 사람도 있겠지만, 여기에는 복선이 있다. 그 며칠 전 그녀가 배달하러 온 날에는 까마귀가 눈앞의 도토리나무 아래에서 예닐곱 마리씩이나 모여 있어서 이상해보였다. "윽, 기분 나빠!"라고 하는 그녀의 모습에 나는 "아가씨, 까마귀 고기 먹어본 적 있어?" 하고 물어보았다. 그러자 그녀가 "말도 안 돼요!"라고 해서 내가 순간적인 재치를 펼쳤다. 도쿄농업대학의 고이즈미 다케오 명예교수의 책을 읽고 알게 된 이야기였다.

교수가 도호쿠의 온천장에 갔을 때 뒤뜰에 수많은 까마귀가 날아다니고 있었다. 그걸 본 교수는 스스로를 '미각인(味覺人) 비행물체'라고 칭할 정도로 색다른 걸 좋아하는 호기심이 솟구쳐서 숙박업소 주인에게 "까마귀를 먹어보고 싶은데 될까요?"라고 물어봤다고 한다. 그런데 주인이 때마침 까마귀를 요리해 먹어본 적이 있어서 '양초구이'라는 이름까지 붙인 상태였다. 이튿날 저녁 무렵 덫으로 잡은 까마귀를 들고 숙박업소 주인이 조리했다. 날개를 뽑고 오돌토돌한 껍질을 벗겨내자 붉은 기가 도는 살이 나타났다. 그걸 도마에서 파, 마늘, 그리고 대량의 된장 등을 첨가해 식칼로 끈기 있게 두드려서 끈적끈적한 페이스트 상태로 만들어 30센티미터 정도 되는 꼬치에 감아서 모닥불에 구웠다. 이걸 먹은 교수의 감상평은 악취도 나지 않고 처음에는 닭 구이와 별다르지 않아 "맛있어!"라는 소리가 입에서 절로 나올 정도였다. 하지만 삼킬 단계가 되자 그게 불가능했다. 불단이나 무덤에 올리는 식품에 선향 연기가 옮겨간 느낌이 들어 숙박업소 주인 앞에서 토하지도 못하고, 그렇다고 삼키지도 못했다고 한다.

이런 이야기를 하자 그녀는 깍깍거리며 "못 믿겠어요!"라며 놀라워했다. 그런 전제가 있었기에 나온 농담이었다.

6층까지 있는 주차장이 만차가 되는 일은 내가 있던 3개월 동안에는 없었다. 하지만 아무리 한가한 날에도 적당히 하겠다는 마음가짐으로 경비를 설 수 없다. 감시 카메라가 있고 사고라도 일어나면 회사가 책임을 져야 하기 때문이다.

내가 들어가기 얼마 전에는 차와 자전거가 접촉사고를 일으켜 감시 카메라 기록을 확인하자 안전유도원이 다른 위치[3]에 있었다는 사실이 판명되었다. 마음이 풀어졌던 걸 테다. 그 안전유도원을 두고 점원의 평판도 미적지근한 탓도 있어서 근무에서 제외되었

---

3 안전유도원이 서 있어야 하는 위치는 여기라고 정해져 있는 건 아니지만, 당연히 현장 상황, 차나 사람, 자전거의 흐름과 움직임에서 최적의 위치가 있다. 그곳에서 대폭 어긋난 위치에 서 있으면 '다른 위치'라는 소리를 들어도 하는 수 없다. 어째서 그런 위치에 있었는지 질문을 받았는데 대답을 못하면 단순히 변덕스러운 경비라고 지탄받는다.

을 것이다. 그리하여 오후 3시 반에 교대하기를 기다렸다. 오후부터 근무하는 안전유도원은 역시 늦어도 20분 전에 도착한다. 그럴 때 잠깐이나마 잡담을 하거나 인수인계할 사항을 전달한다.

관제실에서 "여기 근무는 편하죠?"라고 질문 받은 적이 있다. 육체적 피로는 다른 현장과 다르지 않지만 확실히 정신적으로 누군가에게 잔소리를 들은 적도 없고 동료 안전유도원을 신경 써야 할 일도 없어서 편하다고 하면 편했다. 그래서인지 다른 네 안전유도원 중 세 사람은 "이제 다른 현장에는 나가고 싶지 않아"라고 했다. 나는 확실히 말하자면 아무래도 좋았다. 다른 현장에서는 동료끼리 만나기도 하고 자극[4]도 받는다. 현장이 얼른 끝나기도 한다. 현장 일손이 부족해서 나의 파친코 가게 안전유도원 생활은 3개월 만에 우선 끝났다.

---

4 안전유도원이 경비 기량을 갈고닦으려면 다양한 현장을 경험하는 수밖에 없다. 실내에서 아무리 연수를 받아도 그리 간단히 능수능란해지지 않는다. 잘하는 사람을 가까이에서 보면 공부가 되고 젊은 사람과 이야기하면 기분도 젊어진다.

업무 방치

「 인내심의 한계를 넘어섰을 때 」

2017년 8월 4일, '맑음 뒤 폭풍'인 건 전혀 예상 밖이었다.

아침 8시, 전화선 시공 설비를 포함해 통신 인프라 사업 등 다각도적인 사업을 전국으로 펼치는 회사 퓨처맨사(이하 F사)의 지바지사 입구 옆 광장에서 평소대로 조례를 했다. F사 사원, 협력 회사의 작업기사, 경비회사 3사의 안전유도원을 포함해 대략 90명 정도가 중앙에 마련된 연단을 앞에 두고 나란히 섰다.

조례에서는 보고, 훈시, 안전 대책, 전국의 사고 사례, 상과 벌칙 수여 등이 있었고 라디오 체조와 근무복 체크, 안전 슬로건을 복창하며 끝났다. 이건 평일에 매일 실시한다. 그게 끝나면 작업기사와 안전유도원은 도로 하나를 사이에 둔 널찍한 F사 주차장으로 향한다. 이곳에 작업 차량이 몇 십 대 놓여 있다. 안전유도원은 저마다 담당 차량 앞으로 가서 작업기사가 오기를 기다린다. 나는 전날 회사로부터 '유저(고객) 담당인 스기우라'라는 말을 들었기 때문에 지정받은 왜건 앞에서 기다리고 있었다. 그때까지 나는 드문드문이지만 열다섯 번 정도 F사에 왔었다. 이곳에서 안 것은 하루에 함께 도는 작업기사의 인격에 따라 일의 피로도와 잔걱정이 크게 달라진다는 사실이다.

어쨌거나 말수가 극단적으로 없는 사람도 있거니와 쉴 새 없이 안전유도원에게 지시를 내리는 사람도 있다. 반대로 싹싹한 사람도 있다. 일이 끝나고 회사로 돌아가면 퇴근이 늦어지는 안전유도원을 집 근처에서 내려 주는 사람도 있다. 어느 쪽이 좋은지 상주하지 않는 나 같은 안전유도원에게는 명백했다.

스기우라는 처음 만나는 작업기사라서 좋은 사람이라면 고마울 텐데 생각하던 차에 당사자가 찾아왔다. 그들은 자재를 싣는 등 절차가 있어서 바로 출발하지 못하고 여기저기 돌아다녔다. 그럴 때 안전유도원은 가만히 작업이 끝나기를 작업 차량 옆에서 기다린다. 그리고 작업기사가 차를 타고 출발 신호를 보내면 안전유도원은 조수석에 탄다.

보통은 그렇지만 마흔 후반에 키가 큰 스기우라는 작업을 계속하면서 "안전 유도하시는 분은 차에 타 계세요"라고 말했다. 그런 말을 작업기사에게 들었던 건 처음이었다. 내심 나는 '좋은 사람이 걸려서 오늘은 행운이군'이라고 생각했다.

잠시 후 출발을 하더니 스기우라는 바로 왜건을 편의점 주차장에 댔다. 편의점에서 무언가를 사는 게 아니었다. 스기우라는 '시간 조절'이라고 중얼대더니 차 안에서 텔레비전을 틀어서 보기 시작했다.

텔레비전에서는 여배우 사이토 유키가 먼젓번에 저지른 불륜을 사죄하는 방송이 흐르고 있었다. 주간지에 의사와 손을 잡은 사진이 게시되어 소동이 일어났다. 사이토는 평소에 가족이 신세를 지고 있는 담당 의사이며 불륜이 아니라고 하면서 몇 번이나 죄송하다고 사죄하고 있었다. 나는 그 텔레비전을 곁눈질하면서 "정말 불륜을 저지른 게 아니면 딱히 사과할 필요가 없을 텐데"라고 중얼거리고 있었다. 그러자 스기우라는 뭐가 신경에 거슬렸는지 모르지만 순간 발끈한 표정을 지었다. 그 순간 나는 괜한 소리를 했을지도 모른다, 스기우라는 의외로 깐깐한 사람일지도 모른다고 생각했다. 그리고 말조심을 해야 한다고 다짐했다.

9시 조금 전에 나가레야마에 있는 고객의 집으로 출발했다. 그 도중에 내 예감은 적중했다. 갑자기 스기우라가 "당신은 왜 '왼쪽 오케이'라는 말을 안 하는 거예요? 나 원 참" 하고 불쾌한 듯 말했다. 나는 '아차' 싶었다. 조금 큰 왜건이지만 나도 승용차를 운전한 적이 있어서 이 정도 크기의 차라면 그런 말을 할 필요가 없다고 생각했던 것이다. 지금까지 나도 큰 트럭이나 고소작업차[1]에 타면 소리를 내서 주의 환기를 시켰지만, 그래도 모든 교차로에서 하는 건 아니었다. 그 후 어떤 교차로를 지나갈 때도 문제가 없다고 생각하면 "왼쪽 오케이"를 연발했다. 그리고 시내의 신호가 있는 큰 교차로를 좌회전할 때 왜건은 보행자 신호를 천천히 건너는 자전거 바로 앞에서 정지했다. 큰 교차로인데도 불구하고 차도 보행자도 없고 이 자전거 한 대뿐인 것은 좌회전하기 몇 십 미터 전부터 파악했다.

자전거가 통과하기를 기다렸다가 좌회전한 스기우라는 재차 나에게 따지기 시작했다.

"당신 말이야, '왼쪽 오케이'를 안 해도 될 때는 하고 필요할 때는 안 하잖아. 왜 자전거가 지나가는데 주의 환기를 안 하는 거야. 영감, 노망난 거 아냐?"

스기우라의 지적이 타당한지 아닌지 그 시점에서 나는 판단하기 어려웠지만 '노망난 거 아냐'라는 스기우라의 비웃음에는 분노를 느꼈다. 이런 작업기사와 일어나는 마찰은 경비 일을 하는 한 피할 수 없지만, '노망'이라는 말은 안전유도원의 인격을 부정하는 말이지 않을까.

나는 '노망'이라는 말을 듣고서 의외로 심한 말이라는 사실을 실

---

1 전선, 전화선을 가설하거나 도로표지판을 설치하거나 높은 가로수를 벌채하는 데 사용한다. 높은 곳에서 작업할 때 오르내릴 수 있는 승강장치를 갖추고 있고 작업기사가 탈 수 있는 작업대를 완비한 특수차량을 가리킨다.

감했다. 이 나이가 될 때까지 타인으로부터 얼굴을 맞대고 그런 말을 들은 건 처음이었다. 하지만 나는 굳이 항의하지 않았다. 말싸움이 벌어지면 그 이후의 일이 원활하게 진행되지 않아서였다.

도중에 고객과는 관계없는 자잘한 전신주 작업을 끝내고 고객 집에 도착한 것은 오전 11시 조금 전인가였다.

스기우라는 고객의 집에 들어가 작업을 한 뒤, 밖으로 나와서 주택가 안을 가로지르는 폭 5미터의 도로 건너편 전신주에 접사다리를 세웠다. 접사다리 주변을 빨간색 트래픽콘으로 둘러싸고 걸이대[2]로 막았다. 그리고 고객의 집 주차장에 세워둔 왜건으로 돌아가, 짐칸에서 흰색 비닐끈을 꺼냈다. 스기우라는 다시 도로를 건너면서 손에 든 여러 개로 겹쳐진 흰 끈을 트래픽콘 바로 앞에서 툭 떨어뜨렸다. 왜건에서 뻗어나온 끈을 도로에 방치한 채 스기우라는 인접한 공원 화장실로 향했다. 나는 접사다리 바로 앞까지 늘어뜨려진 끈을 보고 이건 공사에 사용하겠다, 마음대로 정리하면 나중에 스기우라에게 무슨 소리를 들을지 모르겠다고 생각했다.

차가 거의 지나다니지 않았지만 스기우라가 돌아오는 5분 사이에 차가 두 대 정도 지나갔다. 두 차 모두 주택가 안의 좁은 도로라서 천천히 달렸지만, 흰색 끈을 보고 속도를 더욱 줄였다. 흰 끈 옆에 안전유도원이 서 있고 그 끝에 전신주에 걸쳐진 접사다리가 있

2 　노란색과 검정색이 번갈아 있는 무늬가 일반적이다. 바 양끝에는 폴리에틸렌 재질의 링이 달려 있다. 공사 현장이나 주차장에서 트래픽콘 가장자리에 링을 끼워서 사용한다.

어서 흰 끈을 밟고 주행해도 되는지 주저하는 걸 테다. 나는 "지나가셔도 됩니다"라고 소리를 내면서 차에 유도등을 가볍게 흔들어 신호를 보냈다. 그러자 화장실에서 돌아온 스기우라가 도로에 있는 흰 끈을 가리키면서 느닷없이 나에게 설교를 하기 시작했다.

"이걸 이대로 두면 사람이나 자전거, 차에 엉켜서 위험하잖아. 왜 안 치웠어!" 하고 의외의 말을 했다.

나는 "공사에 사용하는 끈이라고 생각해서 안 치웠어요"라고 변명을 했다. 그러자 스기우라가 "당신은 위험을 감지하는 능력[3]이 없는 것 같아. 단순히 쓸모없는 끈이잖아. 보면 알지 않아? 당신, 연수받을 때 위험 감지에 대해서는 안 배웠어? 정말 답도 없네"라고 사람을 무시하는 말투로 말했다. 그것도 간족대면서 몇 번이나 반복해가며 손에 든 흰 끈을 둥글게 말아 왜건의 짐칸에 내던졌다.

하고 싶은 말을 실컷 한 스기우라는 작업에 들어갔지만, 내 마음속에서는 분노가 가라앉지 않았다. F사에서는 조례 시 매번 전국 지사의 사고 예를 들며 주의 환기를 하고 있었기 때문이다. 대체 스기우라는 매일 조례에서 뭘 듣고 있었단 말인가. 모든 게 남의 일인 듯했다. 사원씩이나 되는 사람이 공공도로 위에서 안전유도원을 걸려들게 하려고 위험한 행동을 하고 의기양양하게 설교

---

3   포클레인이 두세 대나 움직이는 현장에서는 덤프트럭을 유도하는 것 하나라도 목소리로 "오케이, 오케이"라고 하면 운전기사에게는 들리지 않을 때가 있다. 그럴 때는 호루라기를 분다. 그 판단력이 위험 감지 능력이 된다. 사전 회의, 안전화 등의 장비 점검, 안전 자재나 현장의 위험 요소를 확인하는 것 등 모든 것이 위험을 예지하는 감각의 기본 중 기본이다.

(그의 입장에서는 교육인가)를 한다. 이런 인간과 오후에 노다 시내를 함께 일하러 돌아다녀야 한다니, 도저히 불가능하다. 이 고객 집에서의 작업이 끝나면 돌아가기로 정했다.

스기우라는 고객 집에서 일을 마치고 왜건 옆에서 움직이려고 하지 않는 나를 보고 "얼른 후진 유도해요!"라고 운전석에서 얼굴을 내밀고 호통을 쳤다. 나는 각오를 다지고 조수석 문을 연 후 "당신처럼 사람을 노망난 노인 취급이나 하고 공공도로 위에서 위험한 행동을 하는 사람과는 더 이상 같이 일 못해요. 그러니 돌아가도록 하죠"라고 강한 어조로 말했다. 그러자 스기우라는 놀란 기색도 없이 "노망난 노인이라고 한 적 없거든요? 갈 거면 가시든지요. 얼른 가세요"라고 이쪽을 쳐다보지도 않고 말했다. 나는 그길로 돌아가고 말았다. 휴대 전화를 깜박해서 지사에 바로는 연락하지 못했다.

스기우라는 F사의 담당자에게 바로 연락을 했을 테다. 무능한 안전유도원에게 교육 삼아 지도를 했는데 화를 내고 집에 가버렸다든가, 얼마든지 갖다 댈 변명이 있었다.

귀가하고서 바로 지사장이 전화를 해서 사건의 전말을 물었다. 자세한 내용은 글로 써서 팩스로 보내달라고 했다. F사의 담당자에게 전말을 쓴 글을 송부하겠다는 것이었다. 시말서였다면 거부했겠지만, 나는 사실만을 써서 바로 지사장 앞으로 팩스를 보냈다.

그 후 이 건에 대해서 F사 및 소속 회사에서 견책을 받은 일은 없었다. 스기우라가 문제 사원이라는 것은 예전부터 F사도 지사장도 파악하고 있었던 것이다. 그는 F사에 드나드는 경비회사 3사 중 두 곳에서 경비를 거부당하고 있었다. 개인이 회사로부터 지명되어 경비를 거부당하는 일은 지금까지 들어본 적이 없다. 하지만 나한 테도 어느 정도 잘못이 있다. 근무 도중에 업무를 포기하는 건[4] 몸에 위해가 미치는 경우가 아닌 한 있어서는 안 되는 일이기 때문이다. 다른 안전유도원은 다소 참아가며 스기우라와 팀을 이루어 일을 하고 있었다.

과거에는 F사 직원에게 폭력을 당한 안전유도원도 있었다. 내가 지사장에게 직접 들은 바에 따르면 지사장이 해당 안전유도원을 데리고 F사에 쳐들어가 폭력을 행사한 걸로 보이는 직원과 담판을 지었지만, 상대는 끝까지 그 사실을 인정하지 않았다고 한다.

집에서는 일(안전유도원) 이야기를 거의 하지 않았지만 근무지를 이탈한 날 아르바이트를 하고 돌아온 아내에게 그 전말을 이야기했다. 그러자 아내는 "어라, 그 사람한텐 재앙이었겠네"라고 한마디했다. 설마 이런 반응일 줄이야. "그 반응 정상이야? 왜 그 녀석한테 재앙이야?" 하고 내가 부루퉁해하자 아내는 "그야 당신은 언뜻 보기엔 서글서글해도 성격이 꽤 급하잖아. 언제 이런 일이 벌

---

4 다른 현장이지만 나처럼 화장실 청소를 감독에게 명령받아 '경비업법 위반'이라고 속 시원하게 말하고서 그길로 집으로 가버린 동료가 있었다. 회사에서는 아무 비난도 하지 않았다고 한다. 클라이언트의 작업기사와 말다툼이 벌어져 근무지를 이탈하는 이야기는 자주 듣는다. 이것의 잘잘못은 이유 나름이다.

어져도 이상하지 않을 거라고 생각했는데 뭘. 그러니 그 사람이 운이 나빴던 거지"라고 하는 것이다.

사물은 관점을 바꾸면 다른 형상으로 보인다. 아내의 말은 나를 생각하게 하는 점이 있었다. 나한테는 반성을 포함한 귀중한 경험이 되었다.

인정받고 싶은 욕구
「 안전유도원의 기쁨은 무엇인가요? 」

나는 단독주택 건축 안전유도원으로 함께하게 된 베테랑 경비원 곤노에게 어떤 것을 물어보았다. 곤노와는 이미 안전유도원 일을 대여섯 번 함께한 적이 있어서 속속들이 잘 알고 있었다. 나이도 비슷했다.

"안전유도원의 기쁨은 뭘까요?" 그러자 곤노는 눈썹 하나 까딱하지 않고 "그딴 거 없어"라고 답했다. 나는 "그럴지도 모르지만, 일찍 끝나면 기분도 좋고 편한 현장은 왠지 모르게 즐겁지 않나요?"라고 살짝 요점에서 벗어난 질문을 거듭했다.

"가시와 씨는 그게 안전유도원의 기쁨이라는 거야? 그건 아니지. 이 현장의 감독이나 도편수라면 집을 한 채 다 지었을 때 무에서 유를 만들어냈으니 기쁨을 실감하겠지. 하지만 우리한테 사물을 만들어내는 기쁨은 없잖아. 안전유도원은 하루 일하면 다리도 뭉치고 추위랑 더위를 직격탄으로 맞으니 기쁨보다 피로만 쌓이는 일이야. 난 안전유도원 일은 인내해야 하는 일[1]이라고 생각하는데."

그도 그럴 것이 안전유도원은 곤노가 한 말처럼 생산성이 있는 일이 아니다.

"그런데 동네 주민한테 '힘드신데 수고가 많으십니다'라든가 '수고하세요'라는 말을 들으면 기쁘지 않나요?"라고 내가 더더욱 끈질기게 묻자 곤노는 어처구니가 없다는 표정을 지었다.

"저기 말이야. 그런 건 안전유도원에만 한정된 게 아니잖아. 신문 배달도 우편물 배달도 그건 마찬가지야. 안전유도원 일에 우선 기쁨이란 건 없어. 납득 못하겠으면 다른 유도원한테 물어보는 게 어때? 어떤가 말인지. 오히려 안전유도원은 힘든 일 뿐이야. 싫어하는 감독도 있고 잔소리가 심한 운전자도 많아. 더구나 일당도 적지 않아?"

말이 배배 꼬여 있었다. 하지만 곤노의 이야기는 하나하나 지당했다. 나는 동료와 이야기할 기회가 있으면 자주 비슷한 이야기를 꺼내었다.

---

1 춥고 더운 날씨나 운전자의 횡포만이 안전유도원의 스트레스가 되는 게 아니다. 마음이 맞지 않은 동료와 며칠이나 함께 일을 하게 되면 이것도 큰 스트레스가 된다. 그럴 때 나는 이 말을 곱씹는다. '좋은 사람과 걸으면 축제, 싫은 사람과 걸으면 수행' 말이다.

"가시와 씨, 우리 일은 사회에서는 밑바닥 일이에요"라고 말한 것은 전직 철강 브로커였던 우카지였다. 뚱뚱한 거구의 남자로 거품 경제 시대에는 긴자에서 연간 1억 엔의 접대비를 썼다고 그에게 들은 적이 있었다.

"가스관이나 수도관 토목회사에서 안전유도원을 스카우트[2] 할 때가 있잖아요. 그 사람들이 뭐라고 하면서 스카우트하는 줄 알아요? '안전유도원 일은 일당이나 월급이니, 계속 해도 안 올라갈걸? 더구나 보너스도 안 나오잖아. 앞날이 캄캄한 일이니 얼른 전직하는 게 어때?'라고 해요. 영리한 사람이라면 안전유도원 일은 악덕 아르바이트나 다름없다는 걸 알아차리죠. 관두거나 관두지 않는 건 별개로 치고 말이죠."

우카지는 이미 환갑이 지났다. 개인 철강 브로커가 해외와 거래를 하며 활약한 시대는 이미 진즉에 지났다고 한다. 타인이 물어보면 자신의 경력을 이야기한다. 자랑거리를 거들먹거리며 말하는 사람이 아니어서 나는 그와 세상 돌아가는 이야기를 자주 했다.

"그런데 조수[3]로 들어가면 나이에 따라 다르지만 마음대로 굴리는 게 고작이겠지."

"그건 그래도 안전유도원보다는 낫겠죠. 누군가가 자기 능력을

---

2 공사 관련 업자가 안전유도원을 스카우트하는 일은 허다하다. 일하는 솜씨를 지켜봤으므로 채용하는 데 기본적인 신뢰가 있을 것이다. 우리 동료도 세 사람 정도 제안을 받았다. '면허가 없으면 따게 해주겠다'고까지 말한다고 한다.

3 전문기사를 보조하는 작업을 한다. 도우미나 견습 기사 등을 가리킨다. 예전에는 조수 일에 종사하는 작업기사도 있었지만 지금은 줄어들고 있다.

인정해줬으니까요. 사람은 누구나 남한테 인정받고 싶다는 바람이 있잖아요."

안전유도원 일은 잘하면 당연하고 실수를 하면 무조건 감독에게 혼쭐이 난다. 때로는 동료로부터 비난을 뒤집어쓴다. 사람은 누구든 인정받고 싶은 욕구가 있다. 인정받고 싶은 욕구란 '자신이 가치가 있는 존재라고 인정하고 싶은 욕구'라고 한다.

내가 수도관 신설 현장에 나흘간 출근했을 때 쉰다섯 정도 되는 몸집이 아담한 작업기사가 동료로부터 일처리 솜씨를 시종 야유받으며 고함 소리를 듣고 있었다. 옆에서 보면 절반은 '괴롭힘'으로밖에 비치지 않았다. 그것을 보고 나는 이 사람이 어떤 기분으로 매일 작업을 하고 있을까 싶었다.

그러던 어느 날 그는 경비를 서고 있는 내 옆을 지나가면서 "이런 회사 언제든지 때려치울 수 있고말고. 지렁이도 밟으면 꿈틀한다는데"라고 자포자기한 기색으로 중얼거렸다.

다른 날에는 동료도 그가 마찬가지로 중얼거리는 소리를 들었다. 내 시선에서 그가 작업기사로서의 능력이 있고 없고는 판단이 서지 않았지만, 어떤 사람이든 인정받고 싶다는 것만큼은 뼈저리게 이해했다. 이 작업기사는 얼마 후에 정말로 회사를 관뒀다.

그런 의미에서는 안전유도원도 인정받고 싶은 욕구가 충족되면 기쁨도 솟구치고 만족감이 채워질지도 모른다. 나는 동료에게 직접 "당신 일 잘하네"라고 칭찬받은 적은 없지만 늘 그런 말을 듣는 사람이라면 업무의 기쁨도 더할 게 분명하다.

분명 젊은 사람 중에는 정확한 유도와 기민한 움직임과 판단력, 더구나 말을 거는 면도 포함해 완벽에 가까운 사람이 있다. 게다가 체력도 좋아서 저녁이 되어도 주의력이 산만해지지 않는다.

일을 잘하는 게 당연한 사람에게는 인정받고 싶은 욕구가 그다지 강하지 않을지도 모른다. 오히려 경계선 위에 있는 사람이 더 강할지도 모른다. 그게 충족되지 않는 안전유도원은 삐딱해져서 작업기사나 동료의 험담을 하기도 한다. "저런 멍청이와 같이 일을 하라고?"라든가 "내려다보면서 거들먹거리기는" 하고 근거 없이 공격적으로 나온다.

귀가하니 평일이지만 아르바이트를 쉬어서 집에 있던 아내가 내 얼굴을 보자마자 선제공격을 날렸다.

"당신 이번 달엔 집에 한 푼도 안 가지고 왔어."

"그럴 리가 없잖아."

"애초에 언제까지 유도원 일을 할 작정이야? 이 일을 하는 한 앞날이 안 보이잖아. 더구나 일흔이 넘어서 할 수 있는 일이 아니잖아. 꼴사나워."

"꼴사납[4]든지 아닌지는 당신이 결정할 문제가 아니야."

---

4 안전유도원의 배우자가 이런 감정을 갖는 경우가 많은 모양이다. 나는 환갑이 다 된 친한 동료한테서도

"어라, 난 당신 아내잖아. 주변 사람들의 시선도 있다는 소리야."

"누가 뭐라고 했어?"

"그런 소릴 대놓고 할 리가 없잖아. 그래도 그 나이에 안전유도원을 하다니 가엾다고는 생각하겠지."

"남의 생각은 아무래도 상관없잖아."

"아무래도 상관없지 않아."

그런 대화가 이어졌다.

본래 인정받고 싶다는 욕구는 이럴 때도 발동할 테지만 내 경우에는 꿈쩍도 하지 않는다. 이젠 인간이기를 포기한 건가. 눈물이 주르륵 흐른다. 하지만 내일도 일은 계속된다.

직접 들었다. 시설 경비원과 달리 야외 공사 현장을 일터로 삼고 있는 안전유도원의 경우, 어째서인지 배우자조차 '꼴사납다'는 감정을 드러내곤 한다. 세간에서는 안전유도원을 불쌍한 시선으로 보는 걸까.

야근이 끝나고서 벌어진 일
「구렁텅이에서의 범죄 유혹」

야근에 대한 기억은 그렇게 좋은 게 없다. 맨 처음에 일한 회사는 신주쿠에 본사가 있어서 도쿄를 중심으로 한 근무지가 대부분이었다. 지금이라면 웃음거리지만 본거지인 지바현 가시와시가 아니면 아는 사람과 마주치는 일이 없으리라는 심정으로 도쿄의 경비회사를 골랐다. 그러면 하루하루 일하는 근무지는 당연히 자택에서 멀어진다.

입사 후 한 달이 지나자 일에 익숙해졌다. 그때, 한겨울인 12월에 들어서자마자 야근을 시작했다. 그래서 야근은 추웠던 기억밖에 없다. 당시에는 적당하게 휴일을 끼워넣으면서 낮 근무, 밤 근무, 낮 근무로 사흘 연속 근무하기를 반복했다. 이걸 약 두 달을 이어나갔다.

한겨울에 하는 야근은 좌우지간 춥다. 새벽 4시 무렵이 제일 쌀쌀해서 엄청난 추위와 잠기운에 몸이 뻣뻣해져 아카사카 현장에서는 근무 중에 쿵 하고 엉덩방아를 찧었던 적이 있다. 작업기사들의 주시 속에서 창피했다.

지금 생각해보면 추위에 대한 대책을 거의 하지 않았던 것과 마찬가지다. 그저 무작정 방한복인 작업복 밑에 티셔츠나 스웨터를 껴입고 있었다. 지금처럼 히트텍 속옷이나 후리스나 방한용 점퍼를 껴입는 융통성도 없었다.

그것과 동시에 난처한 것은 자택이 가시와시에 있어서 야근이 빨리 끝나도 집으로 돌아갈 수 없었다는 점이다. 도쿄도내 사람이라면, 게다가 오토바이나 차가 있다면 바로 돌아가 잘 수 있겠지만 그것도 불가능했다.

오전 1시나 2시에 끝나도 조금도 기쁘지 않았다. 다음 낮 근무까지 시간을 때울 방법이 없었다. 맥도날드에서 뭔가 음료라도 사서 꾸벅꾸벅 졸면 좋겠지만 신주쿠나 이케부쿠로처럼 번화가가 아니면 그렇게 시간을 때울 수 없다.

도부도조선이나 이노가시라선 주변 등의 아담한 역 부근에는 심야에 열려 있는 가게가 거의 없다. 역 부근으로 가서 한겨울의 차가운 바람이 웅웅 휘몰아치는 가운데 바람막이가 되는 건물 처마 밑에서 첫차가 다닐 때까지 전철을 기다리는 비참함을 맛본 적이 없는 사람은 절대 이해하지 못한다. 그날 낮 근무가 아침 8시 혹은 9시라고 한다면 그때까지 시간을 때워야 한다.

JR야마노테선을 타서 빙글빙글 돌며 졸면서 시간을 종종 때우기도 했다. 이미 공소시효가 지났지만, 승무원에게 들키면 요금을 얼마나 청구받을까.

이틀에 세 번 연속 근무를 서면 3만 엔 가까이 벌 수 있다. 그런데 고생한 것치고는 그 돈도 남지 않았다. 도박에 쥐꼬리만 한 돈을 쏟아 붓고 있어서였다. 아내에게는 민폐를 끼쳤다고 생각한다. 여기에는 쓸 수 없는 사실도 아직 있지만 이것도 공소시효가 지났으니 아내에게 용서를 구하는 수밖에 없다.

돌이켜보면 이 무렵이 출구가 없는 상황이라 정신적으로는 제일 지쳐 있었다. 어쨌거나 돈도 없고 출판사 일도 막다른 골목에 처했고 미래에 대한 전망도 없었다. 없어도 이 정도나 없을까 싶은 와중에 그래도 먹고 살아야 했다.

그 무렵 도쿄역 야에스 중앙출입구 부근에서 가스공사가 있었다. 당연히 교통량이 많은 장소라서 밤에만 공사를 할 수 있었다. 근무를 끝낸 게 새벽 4시 넘어서였고 야마노테선 이케부쿠로-신주쿠 방면 첫차가 4시 50분에서 5시 정도였을 테다.

시간이 되기를 조금 기다렸다가 역으로 들어갔다. 이케부쿠로

방면행 플랫폼으로 올라가니 사람이 거의 없었다. 플랫폼 계단 옆에 큰 전신주가 있어서 문득 그곳에 시선을 돌렸는데 전신주 뒤에 감추다시피 한 잿빛 가방, 그것도 천 재질이 참으로 저렴한 가방이 놓여 있었다. 그걸 들고 지퍼를 열어보니 서류와 통장과 인감이 나왔다. 지갑은 없었다. 나는 이 시점에서 가방은 막차에 가까운 전철 안에서 도둑맞고 버려졌다고 직감했다. 나도 그 4, 5년 전 야마노테선에서 밤 11시를 넘어 손잡이를 잡고 꾸벅꾸벅 조는 틈에 선반에 올려 놓은 가방을 누군가 가져가서 현금 4만 엔을 도둑맞은 경험이 있어서이다. 메이커 헌팅월드의 큰 가방은 니시닛포리역 바로 앞에서 도둑맞아 이튿날 우에노역 뒤에서 발견되었다. 이 가방은 운이 나쁜 가방으로, 그 1년 후 자택 근처에서 젊은 남자 둘이 탄 오토바이가 숨어서 기다리다가 15만 엔이 들어 있는 지갑과 더불어 날치기했다. 가방이 돌아오는 일은 없었다.

그건 그렇다 치고 방치된 가방 안의 개인 명의의 통장을 펼쳐보니 예금란에 '4,000,000'이라고 인쇄되어 있었다. 잔고가 400만 엔이 있었다. 40만 엔도 4,000만 엔도 아니다. 이 숫자가 문득 내 안에 고민을 불러일으켰다.

이 중 100만 엔이라도 있으면 꽤 도움이 될 텐데 생각했다. 은행이 연 직후에 가면 인감도 있으니 인출할 수 있을지도 모른다. 물론 위험 부담은 있다. 도난신고서를 냈으면 아웃이고 인감이 다르면 인출할 수 없다. 수염을 아무렇게나 기르고 눈이 시뻘건, 수상

쩍은 노인을 은행원이 의심할지도 모른다.

　이 가방을 훔쳐간 사람은 프로다. 현금만 빼고 가방은 버렸다. 즉 통장 잔고까지 인출하려고 하면 체포당할 위험성이 비약적으로 높아진다는 것을 알고 있었다. 하지만 나 같은 그럴 마음이 없는 남자도 그런 생각을 하게 만드는 잔액이다. 나는 도쿄역을 출발하는 전철 안에서 그 통장을 뚫어지게 보고 있었다. 나는 지금까지 살아온 인생에서 범죄를 저지른 적이 없었다. 그런데 이때만큼은 범죄 유혹에 휩싸였다. 죽기 아니면 살기로 그런 생각도 떠올렸다. 그것도 잠시, 다음 순간 운도 버린 최근의 자신을 생각하면 그런 행동을 했다가는 지옥문이 열린 채 기다리고 있을 게 틀림없다고 확신했다.

　우에노역에서 내려 가방을 역무원실에 가져다주자 통장 숫자를 확인한 젊은 역무원이 사무적인 말투로 "이건 사례가 나올 수도 있습니다"라며 나에게 어떻게 할지 물었다. 나는 즉시 "괜찮습니다"라고 말하고서 이름을 말하지 않고 돌아왔다.

　이게 야근의 추억이라고 하기에는 아쉽다는 생각도 들지만, 지금도 여전히 그때의 미묘한 심리를 잊을 수 없어서 쓰기로 했다.

　얼마 후에 집 근처 은행에 용건이 있어서 젊은 은행원과 잡담하는 동안에 "만약 그 돈을 내가 인출하려고 했다면 어떻게 됐을까요?"라고 농담 삼아 물어보자 그는 망설이는 기색 없이 "바로 잡히죠"라고 단언했다. 단정 짓는 그 모습을 보고 당시에 품었던 자신의 나약한 마음을 알아차렸다.

사람은 내리막에 들어서면 들어설수록 나쁜 방향으로 시선이 향하게 되는 모양이다. 아직 나한테는 운이 있었던 걸까.

제 3장

애를 써도 좋아할 수 없는 사람

유도 실수

「 도로안전유도원이 제일 두려워하는 것 」

도로안전유도원이 가장 두려워하는 것은 자신이 잘못 유도해서 일어나는 사고이다. 지바현 아비코시 덴노다이의 단독주택 건설 현장에서 나는 나의 유도 실수(인지는 독자님들의 판단에 맡기고자 한다)로 트럭과 미니밴이 접촉사고가 나서 '결국 사고쳤다'고 생각한 적이 있다.

그 현장은 건축 중인 집 앞의 도로가 좁고 자재를 반입하는 트럭이나 크레인을 정차시킬 공간도 아슬아슬해서 꽤 신경이 쓰였다. 저녁 무렵, 5시에 크레인도 돌아가고 트럭 한 대를 후진시키고 나면 내 일도 끝이었다.

집 옆은 신호가 없는 좁은 교차로였다. 집 앞에 주차돼 있던 2톤 트럭을 후진으로 유도해서 방향을 전환시키는데 교통량이 적어서 그렇게 어렵지 않았다. 그런데 트럭을 교차로 중앙으로 유도하던 중, 반대 방향 약 20미터 앞에서 미니밴이 직진해 오는 게 보였다. 천천히 달리는 데다 교차로 직전에는 일시정지 라인이 그어져 있었다. 나는 트럭에 '스톱' 사인을 해서 조금 비스듬하게 정지시키고 동시에 교차로에 진입하려고 한 미니밴에도 유도등을 측두부를 따라 수직으로 세워 미세하게 흔든 후에 어깨 위치에서 수평으로 뉘어 이쪽에도 "스톱" 하고 말했다.

완전히 미니밴을 정차시키고 나서 트럭을 다시 유도하려고 했다. 차 두 대가 지나가기에는 무리가 있는 좁은 길이어서 안전유도원이 신호를 보내지 않아도 열에 아홉은 알아서 멈출 테다. 하지만 그 미니밴은 일시정지 라인에서 멈추지 않고 살금살금 트럭 쪽으로 다가왔다.

당황했던 건 나였다. "스톱! 스톱!" 하고 연호했으나 미니밴은 멈추지 않고 억지로 교차로 중앙에 정차해 있던 트럭 옆을 스쳐지나가고 말았다. 트럭 뒤 짐칸의 왼쪽 가장자리에 미니밴 몸통이 닿는 "지이이익" 하는 꺼림칙한 소리가 들렸다. 나는 "아, 사고쳤다" 하는 소리를 내었다.

이런 제멋대로인 운전자는 자신의 실수를 절대 인정하지 않는다. 게다가 두 번째 경비회사에 입사한 지 한 주도 지나지 않았다. 이런저런 문제가 머릿속을 헤집고 다녔다. 접촉사고를 일으켰는

데도 그 아담한 밴은 우측 측면에 큰 흠집을 낸 채 달려가고 말았다. 피해는 단연코 미니밴 쪽이 컸다. 트럭은 연식이 있어서 지저분했고 후방 짐칸에 흠집이 났다고 해도 유심히 보지 않으면 알 수 없었다. 트럭 운전사는 창문으로 얼굴을 내밀고 "저거 뭐야?"라고 말할 뿐 차체에 난 흠집을 문제 삼는 행동은 보이지 않았다.

나는 내심 마음을 놓았다. 어째서 미니밴은 달려가버렸을까. 스마트폰이라도 보고 있었을까. 또는 전화하던 중일까. 운전자의 단순한 판단 실수였을까. 접촉사고를 알아차리지 못할 리가 없다. 자신의 과실 비율이 크다는 것을 알고 멈추지 않은 걸까.

어쨌거나 기묘한 사고였다 구원받은 것은 나였다. 이런 케이스라도 운전자에 따라서는 "안전유도원이 지나가라고 했으니까" "안전유도원의 유도 실수"라고 자신에게 유리하게 이야기를 해서였다. 이렇게 되면 일이 번거로워진다.[1] 그걸 피할 수 있었던 것만으로도 행운이었다.

사고를 안전유도원 탓으로 돌리고 싶어 하는 운전자에게는 한마디 주의를 주고 싶다. 가지고 있는 연수 교과서에는 이렇게 쓰여 있다.

'공사 현장 등에 있어서 사람이나 차량 유도는 어디까지나 상대의 임의적인 협력을 바탕으로 하는 '교통 유도'일 뿐, 경찰관이나

---

[1] 유도 실수로 사고를 일으키면 당연히 경찰을 부르게 된다. 그러면 감독을 포함해 어떤 상황인지 질문을 받는다. 공사가 일시중지되는 일마저 일어난다. 안전유도원의 과실 비율이 높으면 본인뿐만 아니라 회사에도 책임이 생긴다.

교통순시원이 행하는 법적 강제력을 가진 '교통정리'와는 전혀 다르다는 데 주의해야 한다.'

경찰관은 긴급하거나 위험할 때 빨간색 신호라도 차를 보낼 수 있지만, 안전유도원에게는 그런 권한이 없다. 그런 의미에서도 운전자는 "안전유도원이 지나가라고 했으니까"라는 변명은 통하지 않는다는 사실을 알아두는 편이 좋다.

이건 또 반대 의미도 있어서 안전유도원은 무모하게 일반 차량을 유도해서는 안 된다. 주차장 내에서도 마찬가지다. 제복을 입고 있으면 안전유도원은 경찰관과도 가까운 권한이 있는 듯한 착각에 빠질 때가 있어서 선뜻 차를 유도해버릴 때가 있다.

나와 서너 번 같이 안전 유도 일을 한 동료가 있다. 다른 경비회사에서 갓 옮겨온 차였고, 나이도 비슷해서 종종 이야기를 나누었다. 예전 회사에서 그의 동료였던 사람은 할 필요가 없는데 선의로 여성 운전자가 운전하는 고급 외제차를 후진으로 유도하다가 접촉사고를 일으키고 말았다. 여성 운전자는 안전유도원의 유도 실수라며 격한 말을 했다. 합의하려고 하자 그쪽 세계로 보이는 남성이 전면에 나서서 보상금 500만 엔을 요구했다고 한다.

"흠, 아무리 그래도 그 금액은 너무하네요. 그래서 지불했나요?"라고 그에게 물어보자 지불했다고 한다.

이럴 경우 경찰은 민사 불개입이라며 움직여주지 않는 모양이었다. 상대가 폭력단 사무소의 이름이 들어간 명함을 내민다든가 "산으로 납치할 거야"라고 명확하게 당사자를 두렵게 할 만한 언동을 하면 별개지만, 요즘에 그렇게 어리석은 행동을 하는 폭력단원은 없다. 언행이 부드럽다 한들 펀치파마에 선글라스, 세로 줄무늬 슈트만으로 충분히 상대를 위협할 수 있다.

동료는 "난 여자가 일부러 자기 차를 박은 게 아닌가 싶어"라고 흉흉한 말을 했다.

뭐, 그렇게 오싹한 일을 겪은 안전유도원은 그리 없을 테지만 사소한 유도 실수는 흔하다. 동료가 어느 날 현장 작업기사에게 좁은 길 후진 유도를 부탁받아 좌우를 확인하는 데 신경이 쏠려 머리 위의 전선을 알아차리지 못하는 바람에 트럭에 쌓여 있던 자재 파이

프로 절단하고 말았다. 물론 작업기사에게 혼쭐이 났고 이튿날부터 그 현장에 출입이 금지되고 말았다.

　나도 6미터짜리 도로를 사이에 두고 몇 십 동이나 되는 주택 건설 현장에 처음으로 파견되었을 때 크레인차가 크레인을 세운 채 주행하다 전화선을 끊는 것을 목격했다. 크레인은 그 현장에 이미 며칠이나 와서 일을 했는데, 마가 꼈다고밖에 할 말이 없었다. 어쨌든 크레인을 내리지 않고 주행하는 건 위반이다. 도로를 가로질러 5, 6미터 높이에 쳐진 전화선은 날씨 상황에 따라 반짝반짝 빛나서 보기 힘들 때가 있다.

　잠시 후에 NTT 작업 차량과 경찰차도 와서 현장은 매우 북적였다. 크레인 운전사는 내 옆으로 와서 "돈이 얼마나 들려나?" 하고 걱정하고 있었다. 나는 크레인 기사의 심정을 뼈저리게 이해했다. 개인적으로 주식 거래를 하는 사람도 많아서 전화선을 실수로 끊는 바람에 거래가 중단돼 법적인 손해배상을 청구받을 때도 있다고 들었다. 작업 후, 기사가 다시 나에게 다가와 "아무래도 3만 엔 정도로 끝날 것 같네요"라며 마음을 놓는 게 인상적이었다.

　마지막으로 자랑이라고는 할 수 없지만 교훈이 되리라고 생각해서 내가 우연히 사고를 미연에 방지한 이야기를 쓰려고 한다.

　그날 일터는 가시와시의 시내 주차장 포장 현장으로, 집에서 걸어서 20분 정도가 걸렸다. 가까워서 행운이라고 생각하며 작업 시작 30분 정도 전에 주차장에 도착하니 포장 작업기사 여덟 명은 이미 집합해 있었다. 작업 차량을 포함한 차는 대략 700평이나 되는 주차장에 여섯 대 정도 주차되어 있었다.

내가 작업복으로 다 갈아입고 있으니 업무 시간 전이지만 떨어져 주차되어 있던 2톤 트럭이 움직이기 시작했다. 주차장이 널찍하기도 하고 일반인이 있을 리도 없어서 나는 형식적으로 유도를 하려고 10킬로미터 전후 속도로 후진하고 있던 트럭의 운전석 뒤로 붙어 유도하기 시작했다. 그렇다고 해도 소리는 내지 않고 오른쪽 사이드미러에 유도등을 비춰 오케이 사인을 하면서 트럭에 붙어 종종걸음으로 걸으면서 안전을 확인했다.

운전사는 처음부터 안전유도원을 의지하지 않는지, 운전석 창문은 꽉 닫혀 있었다. 트럭은 주차장 중앙을 커브를 돌 듯이 70미터 정도 후진하면서 작업 차량이 주차한 방향으로 다가가고 있었다. 세로로 주차된 차량들과 달리 한 대만 가로로 비스듬히 주차된 흰색 밴이 있었다. 그곳으로 트럭이 점점 다가갔다. 나는 밴과의 거리가 1.5미터 정도쯤 되었을 때 큰 소리로 스톱을 외쳤다. 운전석 창문이 닫혀 있어서 소리를 질러야 했다. 그러자 트럭은 브레이크를 힘껏 밟았는지, 뒤로 고꾸라지듯이 정차했다.

그때 나는 어쩌면 운전사는 뒤에 있는 밴의 존재를 알아차리지 못한 게 아닌가 생각했다. 아니나 다를까 트럭에서 내려온 서른 정도 되는 지휘감독 작업기사가 "아이고, 밴이 뒤에 있는 걸 까맣게 몰랐네. 유도원께서 스톱이라고 안 해주셨으면 완전히 박을 뻔했네요"라고 한없이 고마워했다.

그날은 점심도 먹지 못할 만큼 격무에 시달렸는데, 지휘감독관이 "배고프시죠? 누구한테 삼각김밥이라도 사오게 할까요?" 하고 신경을 써주었던 게 인상적이었다.

이 경우는 완전히 운전사의 느슨한 주의력 때문이다. 설마 이런 곳에서 '위기일발'인 상황이 벌어질 줄 몰랐던 것이다.

다른 하나는 후나바시시의 야외 해체 현장 안전유도원으로 갔던 날의 일이다. 점심 휴식 때 나는 가까이에 적당한 음식점이 없어서 비스듬히 건너편에 있던 후나바시중앙병원의 식당에 갔다. 병원 입구 앞에는 광장 같은 공간이 있었다. 그곳에서 2톤 트럭이 "빵빠앙" 하고 경고음을 울리면서 5, 6킬로미터 속도로 천천히 후진하고 있었다. 내가 문득 시선을 보내니 트럭에서 2미터 정도 떨어진 짐칸 바로 뒤에 아흔에 가깝고 아이처럼 키가 작은 노인이 몸이 경직된 채 있었다.

운전석 반대편에 있던 나는 "거기! 트럭 세워요!" 하고 큰 소리를 질렀다. 트럭이 정지했을 때 노인과 트럭 사이의 거리는 1미터도 되지 않았다. 노인에게 달려간 나는 "위험해요. 어디로 가세요?" 하고 말을 걸었다. 그러자 노인은 작은 목소리로 "어느 쪽으로 가야 할까요?" 하고 중얼거렸다. 가벼운 알츠하이머가 의심되는 말이었다. 노인을 트럭 뒤에서 데리고 나와 아연실색한 운전기사에게 "그러면 안 되죠. 여긴 병원 부지잖아요. 특히 노인이 많으니 후진할 때 더 조심해야죠"라고 주의를 주었다. 운전사는 나를 병원 경비원으로 생각했는지 "죄송합니다. 앞으로는 조심할게요"라고 몸 둘 바를 모르겠다는 듯 고개를 숙이고 있었다.

운전기사는 백미러나 사이드미러를 확인하기를 소홀히 하고 있었을 테다. 지극히 천천히 후진하고 있었고 경고음도 들리지 않을 리가 없으니 우선 괜찮다고 생각한 게 분명하다. 하지만 트럭 뒤편의 사각지대에 몸집이 아담한 노인이 들어와 있었으니 이것도 '위기일발' 상황이었던 것이다.

이 두 가지 예에서 큰 교훈을 이끌어낼 수 있다. 사람은 실수를 저지른다는 것이다. 다시 언급하는 말이지만, 사고는 아주 사소한 방심이나 '괜찮겠지' 하는 착각에서 일어난다. 그걸 뼈저리게 실감했다.

고작해야 인사
「 인사를 안 하는 사람은 왜 미움받는가 」

사람은 어째서 인사를 해야 할까. 그런 초등학생 같은 의문을 느낀 적은 없는가? 현장으로 나가 안전유도원 동료를 만나면 우선 "좋은 아침입니다" 하고 인사한다. 보통은 상대도 "좋은 아침입니다"라고 인사로 답한다. 이게 상식이다. 그런데 이 인사로 답하지 않는 사람이 의외로 많은 데 놀랐다. 옛날에 전직 NHK 아나운서인 스즈키 겐지의 책을 작업했을 때 그로부터 '인사는 마음을 열고 상대에게 다가가는 것'이라고 배워서 과연 그렇구나 생각했다. 그래서 인사를 하는 사람을 무시하는 사람이 있으면 이쪽도 그에 해당하는 마음가짐으로 대하는 수밖에 없다. 그런 사람 중에서 인상에 남는 부부 안전유도원이 있다.

겨울의 추운 아침에 현장에 도착해서 주위를 내다보니 현장 도로 옆 보도에 벤치가 있었다. 그날 경비원 세 명이 배치되었고, 파트너는 부부이며 성이 진보라는 것만 들었다. 처음 만난 부부지만 이미 벤치에는 중년 여성과 서른 정도 되는 언뜻 기가 약해보이는 덩치 큰 남자가 딱 붙어서 앉아 있었다. 헬멧은 쓰지 않았지만 작업복을 입고 있어서 이 두 사람이 틀림없었다. 나는 다가가서 그들에게 "안녕하세요"라고 인사를 했다. 그러자 두 사람은 나에게 인사는커녕 얼굴을 쳐다보지도 않았다. '어라, 혹시 못 들었나' 싶었던 나는 인사를 다시 했다. 하지만 두 사람은 음침한 얼굴로 딱 붙어 있을 뿐 아무 반응도 보이지 않았다.

그런 사람이라고 알아차린 나는 살짝 우울해졌다. 그것도 오늘은 도로 한쪽을 트래픽콘으로 둘러싸고 실시하는 가스공사라서 셋이서 협력해 하루 종일 차를 교대로 통과하게 하는 한 차선 교대 통행을 해야 하기 때문이다. 마음이 전혀 맞지 않은 사람끼리 하는 교대통행은 손발도 맞지 않아 고통스럽기까지 하다.

나는 일이 끝난 뒤에도 "수고하셨습니다"라고 말하지 않고 돌아가는 부부를 보면서 안전유도원은 첫 대면에서 마음이 맞지 않는 사람이라도 협력해서 일을 해야 하는 불운한 직업이라고 생각했다. 그로부터 이틀간 그들과 함께 일을 했지만 이쪽이 인사를 해도 답하지 않았던 건 똑같았다.

그 후에 동료에게 그들에 대해 무심코 물어보자 상당히 친한 사람은 별개로 치고 늘 그렇다고 알려주었다. 아무래도 나 혼자만 겪은 일은 아니었던 듯하다.

그로부터 약 한 달 후 도로 포장 공사에 동원돼서 나가니 파트너는 아무도 와 있지 않았다. 그날은 파트너가 어떤 사람인지 관제실에 묻지 않았다. 그러자 9시에 아슬아슬하게 진보 부부가 나타났다. 작업기사도 동시에 도착했다. '또 이 부부였어?' 하고 조금 낙담하고 있으니 무뚝뚝하기 짝이 없던 진보 부부 중 아내가 감독에게 미소 지으며 먼저 "안녕하세요" 하고 인사했다. 이 현장에는 몇 번인가 온 듯했다. '뭐야, 다른 사람한테도 다 무뚝뚝한 게 아니었어?' 이게 솔직한 내 심정이었다.

나는 이런 안전유도원을 이들 말고 몇 사람인가 알고 있다. 동료에게는 세상 돌아가는 이야기 하나 하지 않지만 그 일에 오래 종사한 감독이나 작업기사에게 말을 싹싹하게 잘하는 사람을. 어떤 의미에서 알기 쉬운 사람이라고 하면 좋을지도 모르겠다.

이야기로 돌아가자면 연하의 남편을 과도하게 사랑하는 아내는 동료 여성 안전유도원에게는 경계심을 드러내는 걸로 유명했다. 나는 어떤 계기로 남편과는 잡담 정도는 하게 되었지만 결국 아내와는 말을 나누지 못했다.

다음으로 앞에도 등장했던 퓨처맨사(F사)에 처음으로 안전유도원으로 나갔던 날의 이야기다. 그날 조례가 끝나고 주차장으로

갔는데 나는 어떤 고소작업차가 오늘의 담당 차인지 몰라서 우왕좌왕하고 있었다. 그러다 오랫동안 F사에서 안전유도원 일을 하던 서글서글해보이는 무라이가 당일 담당인 가와사키의 고소작업차 앞까지 데리고 가주었다.

잠시 후에 가와사키가 나타났다. "가와사키 씨는 저 사람이에요"라고 무라이가 알려줘서 나는 "안녕하세요. 오늘 잘 부탁드립니다" 하고 인사했다. 그러자 가와사키는 인사는 쏙 빼먹고 부루퉁한 말투로 "꾸물대면 도중에 돌려보낼 거예요!" 하고 내 얼굴도 보지 않고 기를 죽였다. 과거에 상당히 어설픈 경비원과 일을 한 적이 있는 걸까.

다음 말을 이어나가지 못하고 놀라고 있으니 아직 내 옆에 있던 무라이가 "오늘은 가와사키 씨가 심기가 불편한가 보네. 무슨 일 있었나?"라고 중얼거리고 있었다. 가와사키는 30대 후반으로 체격은 땅딸막했다. 체육계 동아리 부원 분위기도 났다.

처음 만난 업무 파트너에게 그런 말을 들은 건 처음이었지만, 계속 신경 쓸 수 없었다. F사에서 연수 중인 견습생과 셋이서 조수석에 앉아 노다 시내로 출발했다. 그들은 고객 집에서 전화선 가설 일을 하지 않고 시내 각 장소에 있는 전신주에서 일을 했다. 불필요해진 공중전화 박스를 철거하는 일도 담당하고 있었다. 처음에는 사람이나 차도 거의 지나가지 않는 장소에서 하는 일이라서 나도 마음이 편했다. 2시간 만에 일이 끝났다. '왠지 수월한 일 같네'

라고 생각했지만 두 번째 현장에서 완전히 예상이 빗나갔다.

　가와사키는 도부노다선 노다역 근처의 건널목에서 조금 떨어진 장소에 있는 전신주에서 "여기"라고 한마디 하고는 나를 내리게 했다. 그들은 2차선 도로 전신주 옆에 고소작업차를 세워서 작업을 하기 시작했다. 2톤 트럭 정도 되는 고소작업차가 도로를 막고 있어서 오가는 차를 혼자서 중재해야 했다. 그런데 간장공장이나 큰 부지의 공장, 더구나 식품창고 등 수많은 현장 부근에서는 대형 트럭이나 대형 탑차의 통행량이 장난이 아니었다. 더구나 2차선이라고는 하나 바로 앞이 편의점이고 그 옆에 샛길이 있었다. 편의점 주차장에 드나드는 차도 상당히 많았다. 이 경우에는 보통 안전유도원 셋을 필요로 한다.

　10톤급 트럭이 상당히 많아서 꽤히 신경이 쓰였다. 삼면 도로와 같아서 행렬은 생겨도 트럭끼리 우연히 마주치는 일만큼은 어떻게 해서든 피하게 해야 했다. 그래도 대형 트럭은 순순히 안전유도원의 지시에 따라주기에 유도하기 쉽다. 반대로 승용차 쪽이 무리하는 사람이 있어서 안전유도원을 울게 한다.[1] 특히 바로 앞에 있는 편의점 주차장에 드나드는 차가 난관이었다. 마음대로 판단해서 나오려고 하는 차에 유도등으로 '멈추세요' '지나가세요' 사인을

---

[1]　어째서인지 차에 타면 인격이 달라지는 사람이 있다. 사소한 일로 폭발하고 안전유도원에게 불만을 터뜨린다. 또한 고령 운전자는 안전유도원의 지시에 즉각 반응하지 않는 경향이 있다. 더구나 정차하고 있는 동안에 졸아서 "지나가세요"라는 신호에 반응하지 않던 운전자도 있었다. 이렇게 안전유도원을 울리는 운전자는 아주 일부다.

보냈지만 기다리지 못하고 눈앞에 보이는 줄에 끼어들려고 하는 운전자가 있었다.

이래저래 1시간 반 정도 이른바 숨 돌릴 틈도 없이 고군분투하고 있으니 작업을 끝낸 가와사키가 고소작업차 운전석에 견습생과 타면서 "아저씨, 상황 보고 타요"라고 말을 걸었다. 아이고 맙소사, 하고 조수석에 타자 가와사키는 정면을 보면서 작은 목소리로 "수고했어요"라고 중얼거렸다. 나는 솔직히 아침 무렵의 험악한 분위기와는 상당히 다르다고 생각했다. 즉 '꾸물'대지 않아서 합격이라는 건가.

요 몇 개월 전 나는 다른 전화선 가설회사의 비슷한 도로 상황에서 혼자 한 차선 교대통행을 두 시간 정도 경험했다. 그래서 담력이 붙어 있었다. 과도하게 당황하지 않았다. 이런 점이 좋은 결과를 가져왔을 테다.

가와사키와는 이다음에 서너 번 같이 일을 했고, 그렇게 나쁜 남자가 아니라는 사실을 알 수 있었다. 안전유도원으로서 업무상의 주의를 받지 않았다. 하지만 맨 처음의 인상이 나빴던 탓인지 마지막까지 그에게 익숙해지지 않았다. 만약 그가 내 인사에 "안녕하세요"라고 대답했더라면 경비상 주의를 주었더라도 불쾌한 인상을 가지지 않았을 테다.

맨 처음 인상은 중요하다. 고작 인사라고는 하나 그래도 인사다.

주차장 안전유도원

「 운전자의 예기치 못한 항의에 눈물겨웠다 」

내가 처음으로 주차장 안전유도원을 한 것은 사이타마현에 있는 신사로, 시치고산[1]이나 정월의 성수기에 불려갔다. 그곳에서 인상 깊었던 이야기를 써보려 한다.

시치고산 때문에 수많은 참배객이 오는 날이었다. 아침에 동료와 사무실로 가서 경비를 개시하겠다는 인사를 하자 우선 처음에 30대 후반의 신관으로부터 들은 말은 "참배하러 온 손님과 다투지 말아주세요"라는 것이었다.

유서 깊은 신사인 만큼 부지가 넓고 큰 연못이 있으며 참배로에

---

1   3세, 5세, 7세가 되는 어린이의 성장을 축하하기 위해 신사나 절에 들러 참배하는 행사이다.

는 잿날의 포장마차도 많이 나와 있었다. 주차장도 크고 작은 걸 합치면 네 군데나 있었고, 나는 신사 입구에서 가장 가까운 스무 대 정도 되는 차가 들어오면 만차가 되는 주차장을 맡았다. 신사에서 조금 떨어진 주차장은 100대가 들어올 수 있었지만 시치고산이나 정월에는 순식간에 만차가 된다.

신사와 가까운 작은 주차장은 당연히 가장 빨리 만차가 된다. 그렇게 되면 나는 다른 주차장을 안내하는데, 차로 고작 1, 2분 거리라서 불만을 터뜨리는 운전자도 없다. 하지만 모든 주차장이 차게 되면 운전자는 어딘가의 주차장 앞에서 줄지어 순서를 기다리는 수밖에 없다. 내가 선 주차장 앞에는 이미 네다섯 대의 차가 차려입은 아이를 태우고 순서를 기다리고 있었다.

주차장 앞 도로는 폭이 5미터도 안 돼서 입구 바로 앞이 아니라 반대편으로 줄을 서게 했다. 주차장은 T자로의 왼쪽 모퉁이에 위치하고 있어서 좌회전해서 주차장에 들어가는 길 어딘가가 좁아지므로 차끼리 지나쳐갈 수 없었다. 그래서 주차장 바로 앞에는 차를 줄 세우게 할 수 없었다. 그런 상황에서 중년 여성이 운전하는 차가 좌회전해서 오자마자 주차장에 바로 들어가려고 했다. 안에서 차 한 대가 바깥으로 나오려고 하고 있어서였지만, 나는 그 여성에게 이렇게 말했다.

"죄송합니다. 저 차가 나와도 들어가실 수 없습니다. 보시는 대로 도로 반대편에 이미 순서를 기다리는 참배객의 차가 몇 대나 대기하고 있습니다. 뒤로 가서 줄 서서 기다려주세요.”

그리 말한 순간 여성은 카랑카랑한 목소리를 냈다.

“당신은 경비 주제에 교통법칙도 몰라요? 순서를 기다리는 차는 우회전이잖아요. 난 좌회전이고요. 내가 우선권이 있다고요. 들여보내줘요!”

아연실색한 나는 마음을 다잡고 그녀를 설득했다.

“여긴 공공도로 위의 교차로가 아니라 신사 주차장입니다. 그러니 안전유도원의 지시에 따라주셔야 합니다.”

참배객과 트러블을 일으키지 말라고 한 신관의 당부도 있어서 절대 말을 거칠게 뱉지 않았다. 그러자 여성은 더욱 새된 목소리를 내며 같은 말을 반복했다. 그녀의 뒤에는 어느새 차 두 대가 길을 지나가지 못해서 기다리고 있었다. 이제는 지금까지와 다르게 나는 강한 어조로 이렇게 말했다.

“손님, 뒤에서 차가 지나가지 못해서 난처해하잖아요. 오늘은 경사스러운 날이니 소란 피우지 말고 얼른 길을 터주세요!”

그때 마침내 무서운 얼굴을 한 여성은 중얼대며 다른 주차장으로 향했다. 이 일을 처음부터 끝까지 지켜보며 순서를 기다리던 선두 차량의 젊은 아빠가 웃으면서 “저렇게 뭘 모르는 사람은 그 유도등으로 한 방 날리면 돼요”라고 나한테 말했다. 나는 “실은 그러고 싶었어요. 만약 손님이 책임져주신다면 그렇게 하겠지만요”라고 농담으로 답했다.

이날 그 여성 말고도 비슷한 논리로 '좌회전 우선'을 주장한 여성 운전자가 있다는 데 놀랐다.

이후 나는 마쓰도시 스시 체인점의 주차장 안전유도원 일을 토요일과 일요일 한정으로 3개월 정도 하게 되었다. 점심 12시부터 밤 9시까지였다. 필로티 건물에 두 줄로 열여섯 대, 건물을 에워싸듯이 여덟 대의 주차 공간이 갖추어져 있었다. 이곳은 주차 가능 대수가 적기 때문에 계약 시간 절반 정도의 시간이 만차였다. 가게 위치는 교차로 모퉁이에 있어서 통상적으로는 출입구가 두 군데 설치되어 있었다. 하지만 토요일과 일요일은 한 군데만 출구 전용으로 사용했다. 이곳에서도 손님과 잊을 수 없는 시표한 드리블이 있었다.

나는 일요일 저녁 8시 무렵 출입구에 서서 차를 유도하고 있었다. 대기 차량이 없어서 도로 반대 차선에서 차 두 대가 힘차게 진입해왔다. 필로티 건물 아래 주차 공간의 출입구에서 보이지 않는 장소에 한 대만 빈 곳이 있다는 걸 나는 파악했다.

선두 차량은 스포츠카 타입으로 개조된 차로 "부르르릉" 하고 요란한 폭음을 내고 있었다. 그 차는 주차할 수 있지만, 차간 거리를 좁혀서 진입한 승용차는 주차할 수 없었다. 그 앞에 몸을 들이밀 수 없어서 나는 "손님! 주차할 수 없어요!"라고 큰 소리를 질렀지만 들리지 않는지 통과하고 말았다. 잠시 후에 두 번째 승용차는 필로티 공간을 후진해 돌아가면서 전용 출구를 나가 인접한 비디오나 게임, 책 등을 판매하는 K라는 가게 앞에 주차하는 게 내가 선 위치에서 보였다. 이 가게는 베스트셀러를 비싸게 매입해줘서 나는 휴식 시간에 두 권을 팔고 왔다. 그러자 내 앞에 스무 살쯤 되는 남자가 나타나서 "당신 말이야, 주차장에 자리가 없으면서 왜 뒤차를 여기서 안 세운 거야? 후진으로 되돌아가야 했잖아. 지금 장난해?"라고 항의를 했다. 신사와 마찬가지로 이 스시집 점장한테서도 고객과 실랑이를 벌이는 일은 피해달라는 말을 들었다.

나는 차분하게 "고객님, 그 차에 소리를 크게 질렀는데 안 들렸나 봅니다"라고 대답하자 젊은 남자는 납득하지 못한 채 "무슨 소리야? 유도등도 있잖아. 뭣 때문에 안전유도원이 있는 거냐고?"라고 거세게 반론했다.

"그렇긴 하지만 차 앞에 유도등을 내밀다가 부딪치거나 해서 만에 하나 차에 흠집을 내면 큰일이니 상황을 봐야 합니다."

"그건 당신 사정이고. 내가 하고 싶은 말은 안전유도원이라면서 왜 차를 딱 세워서 만차라고 설명을 못 했냐고 묻는 거야."

젊은 남자 차의 개조 머플러가 그렇게 폭음만 내지 않았더라면 아마 내 목소리는 두 번째 승용차에 닿았을 테다. 그런 소리를 하면 남자는 "남의 탓으로 돌리자는 거야?"라고 반발할 게 뻔했다. 트러블은 반드시 금물이었다.

남자는 젊은 것치고는 집요하게 물고 늘어졌다. 마냥 강경하게 나오지 않고 때로 내 말에 "그 말은 이해하지만"이라고 이해를 표하는 흉내를 내보이면서 절대로 물러나지 않았다. 끈질긴 모습에 영문을 알 수 없는 면도 있었다. 내가 제일 버거워하는 타입이다. 왜냐하면 논리로 설득하기도 어렵고 인정에 호소할 수도 없다. 그렇다고 폭력적인 말투로 상대를 억압하는 건 내 캐릭터가 아니다.

반대편 출구 부근에 있던 젊은 동료가 무슨 일인가 싶어서 다가와 남자의 변명을 듣던 중에 일촉즉발의 분위기가 형성되었다. 그때 30대 후반의 남자가 우리 곁으로 와서 이렇게 말했다. 두 번째 차를 운전하던 사람이었다. "난 옆집 K 가게 사장이고 가게 앞 주차장에 차를 대고 왔어요"라고 온화한 말투로 우리에게 설명했다. 나에 대한 분노는 전혀 느껴지지 않았다. 이때 나는 순간적으로 "아, 그러셨어요? 점심 때 그쪽 가게에서 책 두 권을 비싸게 팔고 왔어요"라고 사장에게 말을 걸었다. 그러자 장사꾼인 그는 "이야, 그러셨어요? 감사합니다"라고 말하면서 젊은 남자에게 "자, 가지"라고 재촉했다. 두 사람의 관계는 전혀 알 수 없었지만, 젊은 남자가 사장의 그림자처럼 붙어 다니는 사람이라는 사실은 확실했다.

젊은 남자는 복잡한 표정을 짓고 우두커니 서 있었다. 마치 치켜든 주먹이 갈 곳을 잃어 곤란한 듯했다. 나로서는 왜 이 정도 일로 집요하게 항의를 하는지 젊은 남자의 생각을 알 도리가 없어서 곤란한 터였기에 아주 큰 도움이 되었다.

주차장 안전유도원 일을 할 때는 고객과 나누는 소통이 어긋나지 않는 한 그리 트러블은 발생하지 않는다. 주차장 바깥에서 기다리느라 초조해하던 고객이라면 "인터넷으로 예약했는데 왜 20분이나 기다리게 하는 거요?"라고 안전유도원에게 요점에서 벗어난 분노를 퍼부어대는 경우도 있다.

경비회사 연수에서 '안전 유도 일은 서비스직'[2]이라고 배웠기 때문에 때로 이렇게 공격을 정면으로 받아도 하는 수 없다. 그것을 여실히 느낀 게 이 주차장에서 안전유도원 일을 할 때였다.

---

2 무엇을 꼽아서 '서비스'라고 정의하는지는 어렵지만, 안전유도원은 '안전과 안도감을 제공하는 것'에 최선을 다해야 하지 않을까. 예를 들어 소형견을 데리고 포장한 직후의 길을 지나가는 보행자가 "지나가도 되나요?"라고 물었다고 하자. "지나가도 됩니다"라고만 대답하면 불합격이다. "아직 포장이 뜨거우니 개를 안고 지나가 주세요"라고 대답해야 한다. 대형견이라면 돌아가게 하든지 다른 방법을 고안해야 한다.

좋아할 수 없는 사람
「 '괴롭힘'일까 '사랑의 매'일까 」

다양한 현장에서 일을 하면서 생각하는 것은 인성이 좋은 감독 밑에는 거칠고 난폭한 작업기사가 없고, 난폭한 언동을 일삼는 감독 밑에는 똑같은 작업기사가 많다는 사실이다. 안전유도원에게 "어이, 거기"라고 말을 걸어오는 감독의 현장에는 누구든 가고 싶어 하지 않는다.

먼젓번에도 아침 9시가 넘어 도로 현장에서 장승처럼 우뚝 선 마흔 정도 되는 감독이 작업기사를 향해 노성을 지르면서 묵직한 트래픽콘을 머리 위로 치켜들고 세 번이나 집어던지고 있었다. 이 감독은 반은 조폭이나 마찬가지라고 동료한테서 들었다. "그래서 그게 어떻다고?"라고 말하는 사람도 있을지도 모르지만, 사람도 자전거도 자주 지나다니는 장소에서 그런 행동은 아닌 것 같다는 게 내 생각이다. 자신의 일에 자부심이 있다면 불가능하다. 더구나 이런 감독과 하루 종일 같이 일을 하는 입장으로서 마음이 평온할 수 없다.

이곳의 넘버2인 젊은 남자는 누구에게나 싹싹하고 일을 열심히 해서 호감을 가지고 있었지만, 두 번 정도 사소한 일로 안전유도원에게 "멍청한 녀석" "야, 이봐" 하고 노성을 퍼붓는 것을 보고 완전히 실망한 적이 있다. 역시 그 감독에 그 직원이라고 생각했다.

다른 안전유도원 모두 보고서도 못 본 척[1] 했지만, 이런 작업기사가 있는 현장에는 가고 싶어 하지 않는 것도 사실이다. 경비회사가 의뢰처와 거래를 끊는 이유 중 하나는 안전유도원이 부족해서이기도 한데, 그때 맨 처음 계약이 파기되는 곳은 안전유도원이 가고 싶어 하지 않는 회사이다.

예로 든 감독 같은 사람을 의외로 많이 볼 수 있다. 나는 그런 현장을 싫어한다. 그렇다고 해서 안 갈 수도 없는 노릇이지만, 같은 일을 한다면 기분 좋게 일을 하고 싶다.

후나바시의 야외 해체 작업 현장을 갔을 때 포클레인에 탄 감독

---

[1] 안전유도원도 인간이다. 그렇다고 해서 주위의 상황에 과민하게 반응해서는 안 된다. 노골적으로 혐오스러운 표정을 보이면 감독이나 대장에게 비난받을지도 모른다. 그래서는 일을 하기 힘들어지기에 보고서도 못 본 척한다. 그것도 모르고 안전유도원을 돌멩이처럼 보고 자기 마음대로 하는 감독이나 대장은 미묘한 인간 심리에 어두운 사람이라고 할 수 있다.

이 그날 하루만 파견 나온 토목 공사 노동자에게 심하다 싶을 만큼 폭력적인 말투로 잔소리를 해댔다.

30대 중반 정도로 보이는 노동자는 일하는 스타일이 느리기는 커녕 몸을 빠릿빠릿하게 움직이고 있었다. 불만스러운 태도를 취하지도 않고 성실하게 일을 하고 있었다. 어째서 이 감독이 저렇게나 사람을 매도하는지 의아할 정도였다.

일이 끝나고 가지고 온 배낭이 놓여 있는 공터로 갔더니 파견 나온 노동자는 내 얼굴을 보자마자 "이야, 오랜만에 잔소리가 심한 감독을 만났네요"라고 말을 걸어왔다. 어째서 나한테 그런 말을 했는지는 확실하지 않지만, 그는 토목 일을 1년간 해서 그 경험을 책으로 엮을 예정이라고 말해주었다. 이미 책은 몇 권인가 냈다고 했고 어디어디 출판사의 U사장, ○○서재의 W편집자와 지인이라며 업계 이야기까지 하기 시작했다.

나도 몇 년 전까지 U사장과는 친하게 지내며 그곳에서 책과 관련된 일을 했다. 하지만 그런 이야기는 그에게 하지 않았다. 이야기해 봤자 뭐 하겠는가. 그런 것밖에 자랑거리가 없는 자신이 비참해질 뿐일 테다.

그 남자와는 그길로 만나지 못했지만 어떻게 지내고 있을까. 그의 이름을 들었지만 깜박 잊어버렸고 그럴싸한 책도 내지 못한 모양이었다. 토목 관련 일을 1년만 해서는 주제로서 임팩트가 약한 느낌이 들었다. 그래서 출판되지 않았을지도 모른다.

이야기가 조금 벗어났지만 내가 한 경험도 이야기해보려고 한다. 내가 안전유도원으로 근무했던 첫날의 이야기다.

사이타마현 야시오주오의 현장에 나가니 공교롭게도 보슬비가 내리고 있었다. 근무 시작 30분 전에 도착했지만 덤프트럭은 이미 몇 대나 세워져 있었다. 작업복으로 갈아입고 이미 집합한 동료에게 인사를 하면서 잡담을 나누고 있었다.

슬슬 작업 시작 시간이 다가와 조금 떨어진 곳에 있던 대장 미도리가와에게 가고 있는데 덩치가 크고 한 성질 할 듯한 감독이 나를 불러 세우더니 "간판"이라고 한마디 했다. "네"라고는 대답했으나 좌우지간 처음이라서 무엇을 어떻게 하면 좋을지 전혀 알 수 없었다. 미도리가와에게 달려가서 감독에게 명령받은 것을 전달하자 그 또한 잘 모르겠다는 모습이었다. 참으로 못미더운 대장이었다. 그러자 감독이 꾸물대고 있는 나를 멀리서 보고 "어이, 당신! 뭐 하는 거야?" 하고 거친 소리를 냈다.

"간판을 가지고 가라고. 꾸물대지 말고! 차량 통행금지랑 안내 간판 말이야"라고 큰 소리를 질렀다. 나이는 서른쯤 됐을까. 어쨌거나 나는 동료의 도움을 받아 간판을 세웠다. 그 이후 보름 정도 이 작업반에 있었지만 어쨌거나 이 감독에게는 눈엣가시 취급을 받았다.

미도리가와에게 지시받아서 통행금지 간판을 세우고 옆에 보초를 서 있으면 "사람이 이렇게 지나다니지 않는 곳에서 뭐 하는 거야!" 하고 혼쭐이 났고, 오토바이가 샛길로 빠져나가는 것을 막지 못했을 때는 내 한심한 모습을 흉내 내서 포클레인에 탄 작업기사도 함께 웃었다. 정말이지 신물이 나서 미도리가와에게 불평을 털어놓자, 쉰 정도 되는 몸집이 왜소하고 기가 약해보이는 그가 "가시와 씨, 나도 처음엔 몇 번이나 때려치우려고 했는지 몰라요. 다른 감독 이야기지만 '당신, 그냥 집에 가. 내일부터 오지 마'[2]라는 소리까지 들었어요"라고 위로를 해주었다. 그는 이미 8년 정도 안전 유도 경험이 있었다.

그로부터 두 달 정도 지나서 분쿄구 고히나타의 현장에서 다시 이 감독의 작업반과 일을 하게 되었다. 안전유도원은 열 명이었고, 나는 통행금지 간판을 세우고 묘초를 섰다. 그러자 미도리가와가 내 곁으로 와서 "감독이 '저 가시와 씨는 아직 관두지 않았나 보군'이라고 했어요"라고 알려주었다.

감독의 진의를 이 말만으로는 헤아릴 수 없지만 그는 나에게 꽤 혹독하게 대했다는 자각만큼은 있었던 모양이다. 그게 어디에서 온 감정인지 마지막까지 알 수 없었다. '괴롭힘'일까 '사랑의 매'일까. 또는 그 외의 다른 것일까. 다소 안전유도원으로서 경험을 쌓은 지금의 나도 추측하기 힘들다.

---

2   이런 소리를 들은 사람은 어떤 사람일까 싶을지도 모르지만, 내가 현장에서 목격한 예로는 작업기사의 차를 주차하는 공간에 안전유도원이 자신의 차를 주차해서 감독에게 "지금 당장 집에 가!"라고 비난받고 있었다. 주의를 받은 후 차를 움직이는 타이밍이 늦어서 반항적이라고 받아들인 모양이었다. 이것을 사소한 일로 받아들일지, 중요한 일로 받아들일지는 사람마다 다르다.

이 남자는 감독으로는 흔치 않게 작업기사와 마찬가지로 삽을 가지고 구멍을 파거나 흙을 옮기는 등 몸을 사리지 않는 사람처럼 보였다. 그런 남자는 나도 싫지 않지만, 어디서 어떻게 어긋나게 된 걸까. 하지만 이유가 어떠하든 나는 위압적인 그를 지금도 좋아하지 않는다. 다만 그도 나에 대해 같은 의견을 가지고 있을 테다.

남자라면 조금 더 확실히 말해주기를 바랐다. "이런 점 때문에 당신이 마음에 들지 않는다"라고 말이다. 젊고 덩치가 큰 남자인 것치고 음습한 면이 있어서 아무래도 좋아할 수 없었다. 사람을 깔보는 것[3]은 자유지만 거기에는 이유가 필요하다. 그렇지 않으면

---

[3] 안전유도원이 갓 되었을 무렵에 상대가 나를 깔본 기억을 썼지만, 이런 나라도 몇 번인가 "상주 경비원이 되는 건 어때요?"라고 클라이언트에게 제안을 받은 적도 있다. 안전유도원으로서 아이디어를 제안해 상대를 감탄하게 하거나, 몸을 사리지 않고 경비를 서서 인정받았던 것이다. 사람에 대한 평가는 그만큼이나 진폭이 큰 법이라고 나는 생각한다.

상대가 그를 '기분파'라고 받아들여도 하는 수 없다.

이 나이에 무슨 불행인지 나는 그런 세계에서 일을 시작했다.

안전유도원의 치아 상태
「 치과에 갈 시간이 없는가, 돈이 없는가? 」

요 몇 년, 치과에 가지 않았던 나에게 아내가 그 이유를 물었다.

"별다른 이유는 없어. 그냥 바빠서 그런 거야."

그러자 아내는 "어머, 그랬어? 난 철석같이 돈이 없어서라고 생각했어"라며 동정하는 시선으로 나를 보았다. 말문이 막힌 나를 보고 아내는 이런 이야기를 꺼냈다.

"내가 본 바로는 경비원은 어째서인지 치아 상태가 나쁜 사람이 많더라고. 앞니가 벌어졌거나 전혀 없거나 하던데 왜 그럴까? 당신도 그렇게 된다고 생각하니 벌써부터 오싹한 거지."

아내가 어디의 누구를 보고 그런 생각을 했는지 모르지만 분명 그렇게 생각하는 것도 이상하지 않다. 어찌 되었거나 아내의 관찰

력은 예리하다. 전철 안에서 화려한 보라색 계열이나 파란색 계열의 바지를 입은 고령자가 큰 배낭이나 보스턴백을 가지고 있으면 우선 안전유도원이라고 생각해도 틀림없으니, 아마 아내는 아르바이트를 하러 가려고 타는 버스나 전철 안에서 그들을 관찰하다 그리 생각했을지도 모른다.

나도 동료와 이야기하다 보면 치아 상태가 좋지 않은 사람이 많다는 걸 알아차린다. 고령자가 많은 직장이라서 괜히 그렇게 느낄지도 모르지만, 그렇다 해도 치아가 좋지 않은 사람이 눈에 띈다. 그렇다고 "이가 왜 안 좋아요?"라고 치아 상태가 좋지 않은 동료에게 직접 물을 수는 없다.

어느 날 치아 상태가 고른 고령자 동료에게 세상 돌아가는 이야기를 하는 김에 그런 이야기를 하자 그는 "나는 치아만큼은 신경 쓰고 있어서 치과에 자주 가. 동네 근처에 저녁 8시나 9시까지 하는 치과도 있으니까. 안전유도원 중에 치아 상태가 나쁜 녀석이 눈에 띄는 건 하는 수 없어. 우선 돈이 없으니까. 더구나 치과에 가면 일당을 날리잖아. 비싸게 치이는 거지"라고 말했다.

분명 그럴지도 모른다. 나도 안전유도원이 되고 나서 이가 아프지 않는 한 치과에 가지 않았다. 타인에게 보이지 않는 어금니에 가까운 윗니는 하나가 빠진 채로 3년이 지났다. 아래 어금니도 임플란트를 하고 싶다고 생각한 지 꽤 시간이 지났다. 치료 도중에 방치한 이도 있다. 이유는 일로 지쳤는데 어쩌다 오는 휴일에까지 치과에 갈 기력이 없는 것도 있고, 근무일에 가면 일당을 날리게 된다고 생각해서 주저했기 때문이었다.

30년 정도 전에 가구라자카에 편집 프로덕션 사무소를 차렸을 무렵, 바로 근처에 실력이 좋다고 평판이 자자한 치과 의사가 있었다. 나도 가끔 그 치과에 다녔다. 쉰이 넘은 의사로 그렇게 싹싹하지는 않았지만, 어느 날 치료 중에 나에게 "환자분은 스트레스를 거의 안 받는 편한 생활을 하고 있나보군요"라고 읊조렸다.

내 대답을 기대한 건 아니었다. 어쨌거나 치료 중이라서 나는 입을 앙 벌린 채였으니 "아" 정도밖에 소리를 낼 수 없었다. 나는 내심 '이 의사는 어떻게 그런 걸 아는 거지'라고 감탄한 기억이 있다.

좌우지간 당시에는 출판사 일이 순조로워서 자신감이 넘쳤고, 딸 셋은 한창 귀여운 시기였으며 아내와의 관계도 나쁘지 않았다. 그럴 때의 이야기이다. 내가 치료 중이지 않았으면 당당하게 "선생님, 어떻게 그런 걸 아시죠?"라고 물었을 테다.

정말 오랜만에 이케부쿠로 미쿠니 골목길의 옛날에 자주 가던 양주바 S에 얼굴을 내밀었다. 스모크향이 잘 밴 독특한 위스키를 내 앞에 내밀면서 사장이 "가시와 씨, 그거 아세요? G(이자카야)의 사장이 세상을 떠난 거요"라고 말하는 게 아닌가. 들어보니 올해 1월에 급사했다고 한다. 66세였다. 옛날에는 그렇게 건강했는데. 그의 사람 좋은 미소가 떠올랐다.

G의 사장은 십 수 년 정도 전에 60년 이상의 역사를 가진 이케부쿠로 진세요코초[1]에 선술집을 열었다. 손님이 열 명 들어가면 만원이 되는 목조 여염집 스타일의 작은 가게였지만, 사장이 직접 매일 아침 쓰키지 시장에서 들인 신선한 생선과 사장의 인격 덕에 연일 만원으로 성황리였다. 나도 개점하자마자 갔었다. 레트로한 옛날 분위기가 짙게 나는 주변 점포와 시너지 효과를 내기도 해서 가게에 들어가지 못한 손님이 차가 다니지 않는 가게 앞 골목에서 열명, 열다섯 명 술판을 벌이기도 했다. 그게 당연한 풍경이 되어 있었다. 그런 가게가 2008년에 재개발로 인해 주변 가게 수십 채와 함께 가차 없이 퇴거당했다.

선술집 G는 ㄱ 일각에서 가장 잘나간 적두 있어서, 진위는 불분명하지만 정보통에 따르면 퇴거를 앞두고 개발업자로부터 백지수표에 숫자를 마음대로 써 넣어도 된다는 소리를 들었다는 소문도 돌았다(그런 일은 없었을 테지만 말이다).

그로부터 2년 정도 지나서 근처 빌딩 2층에 G는 다시 오픈했다. 가 보니 예전의 분위기는 전혀 없고 흔해 빠진 세련된 이자카야가 되어 있었다.

사장에게 인사를 하고 처음으로 알아차린 것은 그의 이가 새하얗게 번쩍거린다는 사실이었다. 사장의 예전 치아는 덧니 같은 이

---

[1] 아오에 미나의 블루스〈이케부쿠로의 밤〉에도 '술로 잊는다 진세요코초'라는 노랫말이 나온다. 땅 투기 후 지금은 신기하게도 주차장이 되었다. 요코초는 음식점이 대부분이었지만, 고급 여성(?)을 살며시 소개하는 바도 있고 전쟁 후의 일본 정경이 짙게 남아 있는, 꽤 신기한 공간이었다.

두 개 말고는 거의 없었기 때문에 그 격차에 놀랐다. 넓고 화려한 이자카야가 된 것보다 사장의 이가 전부 새하얗게 되었다는 사실에 나는 땅 투기의 본질을 가까이에서 본 것 같았다.

치아라는 것은 사람 저마다의 인생을 증명하는 것일지도 모른다. 나도 안전유도원 일을 그만두면 바로 하고 싶은 게 몇 가지 있는데, 그중 하나가 이를 치료받는 것이다. 하지만 그게 언제가 될지 아직 앞날이 보이지 않는다.

통보받은 사람
「 이런 행동을 하는 안전유도원은 실격! 」

파친코 가게 경비를 섰을 무렵, 휴식 때 중앙분리대가 화단으로 되어 있는 4차선 도로를 가로지르자 예순이 넘은 남자가 편의점 봉지를 한 손에 들고 보도에서 기다리고 있다가 큰 소리로 나를 비난했다. "당신 경비원인 주제에 신호도 없는 도로를 횡단하면 안 되잖아. 만약 다음에도 그러면 경찰에 신고할 거야!"라고 말이다.

그것도 맞는 말이기에 나는 순순히 사과를 했다. "죄송합니다." 그러자 그는 그 이후 소란을 떨지 않고 사라졌다. 안전유도원은 팔에 완장을 차고 있어서 눈에 띈다. 휴식 시간에는 헬멧이나 흰색이나 노란색 안전띠를 벗지만 작업복이나 완장은 그대로라서 안전유도원이라는 사실을 바로 알 수 있다.

노상방뇨 등을 하면 바로 신고당한다. 경비원이 있는 곳에는 공사 안내판이 세워져 있어서 시공회사명과 전화번호가 반드시 쓰여 있다. 수풀이나 덤불이 있으면 일부러 땅주인이 현장에 와서 "여기서 노상방뇨하면 시청에 신고할 겁니다. 절대 하지 마세요"라고 한 적도 있다.

내가 전선에 걸린 수목의 가지나 잎을 베어내는 작업차에 타고 있을 때 작업기사가 어처구니가 없어하면서 이야기한 적이 있다. 편의점에 주차했는데도 안전유도원이 눈앞의 도로를 건너 수풀 안에서 노상방뇨를 했다는 것이다. 또 어떤 안전유도원은 화장실이 없는 공원의 수목 그늘에서 노상방뇨하는 것을 2층 베란다에서 세탁물을 널고 있던 주부에게 들켜 경찰에 신고를 당했다.

몇 년인가 전의 이야기지만 장기간에 걸친 공사 현장 근처 편의점에서 회사에 신고가 들어왔다. 가게 단골이 된 안전유도원이 아침 일찍 잡지 코너에서 야한 잡지를 훔쳤다고 한다. 점주 부인인 아주머니가 목격했던 것이다. 편의점에는 감시 카메라가 있어서 시치미를 뗄 수 없었다. 회사 지사장과 절도범인 40대의 한심한 남자는 바로 편의점으로 가서 사죄하고 변상하여 경찰서까지 가는 소동은 벌어지지 않았다. 하지만 아침부터 야한 잡지를 훔치다니 건장한 사람이다.

어떤 대원은 비가 오는 날 개인 주택의 주차장 지붕 아래에서 비를 피하면서 점심 도시락을 먹고 그길로 편의점 봉지와 먹다 남긴 음식물 찌꺼기를 방치하는 바람에 회사에 통보당했다. 안전유도원은 어떤 상황에서도 타인의 부지에 무단으로 들어가는 게 금지되어 있다. 하물며 타인의 주차장에서 도시락을 먹고 용기를 방치하다니 비상식적이기 그지없다.

지금 시대는 차량에 블랙박스[1]가 보급되어 있어서 안전유도원의 실수는 바로 동영상으로 업데이트된다. 공사 현장 바로 앞의 신호가 있는 교차로에서 안전유도원이 빨간 신호인데도 불구하고 지나가도록 운전자를 유도해서 비난받았다. 또한 차 두 대가 지나갈 수 없는 좁은 도로에서 무전기를 사용하지 않고 빗자루를 한 손에 들고 청소를 하던 안전유도원도 있어서 피해를 입은 운전자에게 영상으로 찍히고 말았다.

편의점에 헬멧을 쓴 채 가게에 들어간 안전유도원이 있었는데, 이건 상당한 위반이다. 점심에는 아무도 아무렇지 않을 테지만, 밤중에 마스크를 하고 안경과 헬멧까지 쓰고서 손님이 적은 편의점에 들어가면 점원에게 경계 받는 게 당연하다.

안전유도원에게 있어서 편의점의 존재는 구세주나 마찬가지다. 먹을거리뿐만 아니라 화장실을 사용할 수 있어서 참으로 도움이

---

1 감시 카메라가 일본의 범죄 억제와 검거율에 얼마나 공헌하고 있는지는 모르지만, 지금에 와서는 도입 당초의 프라이버시 침해를 우려했던 것 이상으로 실효성이 높다는 데는 모두가 인정하는 바일 테다. 그리고 마찬가지로 차량 블랙박스 보급도 불량한 안전유도원에게는 위협일지도 모른다. 어쨌거나 한 손에 담배를 들고 한 차선 교대통행을 하는 모습을 찍히고 마니 말이다.

된다. 상당한 번화가이지 않는 한 기분 좋게 화장실을 빌릴 수 있고 껌이나 먹거리를 별 생각 없이 사게 되는 곳이다.

그 편의점에서 절도를 저질러 신고당한 안전유도원은 최악이다. 그는 그 경비회사에서 잘렸다고 들었다. 경비회사는 그 성격상 설령 경미한 범죄라도 엄격하게 대응할 수밖에 없다.

제 4장

일 잘하는 안전유도원, 일 못하는 안전유도원

보블헤드 인형

「 안전유도원은 2초 간격으로 고개를 좌우로 계속
흔들어야 한다?」

"조금 전의 그 할망구, 대체 어디서 튀어나온 거야!"

가이의 고상하지 못한 탁한 목소리가 무전기에서 들려왔다. 가이는 나한테서 보이지 않는 위치의 도로에 있었다. 아무래도 화장품 판매 회사의 어느 중년의 여직원이 한두 번 그가 서 있는 현장을 자전거로 우회하지 않고 직진한 모양이다. 자전거로 지나가고자 하면 지나가지 못할 것도 아니지만, 길이 좁아 유도가 조금 번거로워서 가능하면 바로 근처의 다른 길로 지나가기를 바란 것이다. 하지만 대체 이 남자는 무슨 생각으로 이런 큰 소리를 지르고 있는 걸까. 만약 그 여성이 내 근처에 있어서 무전기에서 흘러나오는 그의 탁한 목소리를 알아차리면 뭐라고 생각할까.

예전에 신규 현장에서는 일하기 전에 감독의 지도[1]가 있었고 다음과 같이 예를 들며 우리 안전유도원에게 주의를 촉구했다.

이바라키현 통행금지 현장에서 안전유도원이 승용차를 몰던 중년 여성과 사소한 트러블을 일으켰다. 그때 나오려고 한 차에 대고 "얼른 가라고, 이 망할 할망구야"라고 작은 목소리로 욕을 했는데, 닫힌 창문 안에서 운전자가 유도원 입술의 움직임을 읽어버린 것이다. 결과적으로 거센 항의를 받아 그날은 공사가 중단되는 상황에까지 몰렸다.

상대가 눈앞에 없다고 해서 무전기로 주민의 악담을 하는 건 금물이다. 가이는 65세 정도 되고 땅딸막한 체형으로, 그와 함께 근무하는 건 오늘로 두 번째였다. 내가 제일 거북해하는 동료 타입은 거칠고 말이 난폭한 사람이다. 나에게는 아무래도 가이가 그런 타입으로 보였다.

2주 정도 후에 또다시 가이와 수도관 교체 공사 현장에서 일을 하게 되었다. 공사는 지방도가 뻗어 있는 곳 옆에서 진행되었는데, 도로와 펜스로 구획 지어진 폭 5미터짜리의 샛길이 있었고 그 샛길에서 조금 들어간 곳에 현장이 있었다.

안전유도원이 세 명 배치되어 교대로 포지션을 변경하면서 일을 하고 있었다. 이 샛길은 700미터 정도 이어지다가 지방도와의

---

[1] 대부분 형식적일 때가 많다. 그래도 신규 입장 용지에 기입을 빠뜨린 부분이 있는지 없는지 경비 대장이 꼼꼼하게 체크하고 감독은 특수한 현장이 아닌 한 잔소리를 하지 않는다. 마찬가지로 기업에서도 현장이 다르면 신규 입장 때마다 감독에게 지도를 받게 된다.

교차로에서 끝났다. 특수한 길이라서 공사 관계자 말고 다른 차는 거의 지나가지 않았다. 지나간다 해도 1시간에 두세 대 꼴이었다.

내가 샛길로 향해 곁길의 모퉁이에 서서 잠시 있으니 가이가 내 뒤에서 말을 걸며 다가왔다. 그는 안전유도원 경험이 7년 정도였고 그 점에 있어서는 나도 경의를 표한다.

"가시와 씨, 당신 완전히 글러먹었네."

"네? 뭐가 말인가요?"

"뭐가라니? 고개를 더 자주 좌우로 돌려야지."

"아, 죄송합니다."

"보통은 2초 간격으로 좌우로 고개를 돌려야 해. 그런데 전혀 그렇게 안 흔들고 있잖아. 당신, 경력이 몇 년 되는 거야?"

"앞으로 조심하겠습니다."

"앞으로가 문제가 아니잖아. 지금부터여야지."

나는 가이의 지적에 동의하지 않았지만, 여기서 일을 심각하게 만들 작정은 아니었다. 나도 교통량이 있는 한 차선 교대통행이라면 누가 뭐라고 하지 않아도 그야말로 2초 간격으로 하루 종일이라도 고개를 돌리고 있다. 상대의 신호와 자신을 향해 오는 차를 확인하는 일을 하나라도 빠뜨리면 일이 번거로워질 수 있어서다. 하지만 한 시간에 최대 차 세 대밖에 지나가지 않았다. 다른 의견이 있을지도 모르지만 한 눈에 내다볼 수 있는 장소에서 그럴 필요가 없다는 게 내 생각이었다. 고개를 그렇게 빈번하게 돌리지 않아도 지나가는 차는 꽤 앞에서부터 시야에 들어오니까 말이다. 이건 다음으로 말할 이야기의 복선이기도 하다.

그로부터 약 열흘 후 나는 히가시마쓰도의 보도를 포장하는 현장에 있었다. 나름대로 큰 작업이라서 작업원도 열 명 이상 있었던 듯하다. 공사 장소는 교차로 옆에서 시작해서 70~80미터 정도 이어져 있었다. 나는 교차로 보행자 통로 옆에 서서 붐비는 보행자나 자전거가 접촉하는 것을 막고 공사 지점 출입도 막는 경비를 서고 있었다.

그날 안전유도원은 다섯 명으로, 그중에 가이도 있었다. 오후가 되자 나에게서 30미터 정도 떨어져 중장비 옆에 서 있던 가이는 내 근처에 오더니 "당신, 몇 번을 말해야 알아들을 거야? 고개 안 돌리고 있잖아! 어지간히 좀 하라고. 한심하기는"이라고 말을 내뱉 듯 남기고 원래 위치로 돌아갔다. 발끈한 나는 변명도 하지 않았거니와 사과도 하지 않았다. 이후 뒤를 돌아보면 반드시 가이와 눈이 마주쳤다.

일이 슬슬 끝나가는 오후 4시가 지났을 때였다. 보도가 포장 중이라서 지나갈 수 없기 때문에 가이의 앞에 있는 길로 가려면 트래픽콘으로 둘러싸서 만든 도로상의 보행자 통로를 지나가는 수밖에 없었다. 그곳으로 오늘 처음으로 쉰 정도 되는 남성이 걸어왔다. 나는 다급히 "저쪽으로 지나가 주시겠습니까?"라고 말을 걸었다. "그래요" 하고 남성이 대답하면서 성큼성큼 걸어갔다. 남성과 나 사이에는 트래픽콘 사이에 쳐진 노란색과 검정색 무늬의 걸이대가 있었다. 문득 가이 쪽으로 돌아보다가 그와 눈이 마주쳤다. 그는 일련의 대화를 나누었던 나와 남성을 쭉 보고 있었던 것이다. 나는 가이와 아이콘택트를 나누었다고 생각해서 "자, 지나가세요"라고 남성에게 말했다. 가이의 옆에 있는 중장비도 운전하고 있지 않았다. 그래서 문제는 없을 터였다. 남성이 통로를 다 통과하자 가이는 나에게 다시 다가오더니 굉장히 험악한 표정으로 나를 매도하기 시작했다.

"당신 대체 뭐하는 인간이야? 뭐가 '자, 지나가세요'야? 왜 저 사람 앞에 서서 유도해서 내 앞까지 데리고 안 온 거냐고. 진짜 한심하네."

나는 나대로 어처구니가 없어서 그의 주의를 완전히 무시했다. 더구나 현장에서 일하는 중에 안전유도원끼리 말다툼을 벌이는 건 금물이었다. 주위에는 작업기사도 있거니와 보행자도 있었다. 내 입장에서는 유아나 걸음걸이가 위태로운 고령자라면 그렇다 쳐도 왜 일흔두 살인 내가 쉰 살 정도 되는 건장한 남성을 유도해야 하는지 이해할 수 없었다. 중장비도 움직이지 않았고 하물며 가이는 그 남자의 존재를 처음부터 알아차리고 있었다. 내가 서 있는 장소는 하루 종일 혼잡했다. 그 상황에서 자리를 뜨라는 말인가?

가이는 내 태도에 기분이 상했나보다. 일을 마치고 회사에 하번

보고[2]를 하자 관제실에서 "사람을 유도하는 일에 충분히 신경 써주세요"라고 주의를 주었다. 가이가 이 일을 재빨리 관제실에 보고한 게 틀림없었다. 아마 그러면 일방적으로 비난했을 테지만 관제실은 강하게 나오지 않았다.

나는 이틀 후 관제실에서 다시 같은 현장에서 가이와 팀을 이루게 되었다는 이야기를 듣고 "가이 씨와는 앞으로 같이 일을 못하겠습니다. 이번에는 정말 싸움이 벌어질 것 같으니까요"라고 확실히 거부했다. 안전유도원 경험은 그 시점에서 2년 정도가 되었지만 동료의 이름을 대고 거부한 것은 처음이었다.

폼을 잡고자 하는 게 아니라 나는 이 사람이 싫다, 그 현장이 싫다는 억지만큼은 부리지 않겠다고 결심했지만 이 상황에 와서 그것도 무너지고 말았다.

전직한 세 번째 회사 관제실의 이야기에 따르면 대원이 거부하는 현장 혹은 동료가 너무 많아서 근무 시간표를 짜는 데 어려움을 겪고 있다고 했다. 그때까지 나는 한 번도 그런 말을 한 적이 없어서 동정하며 들었던 기억이 있다.

가이와는 이후 반년 가까이 같이 일을 하지 않았지만, 어느 현장에서 그가 젊고 박력 넘치는 대원에게 "트럭 한 대도 못 세우는 인

---

2 현장 일을 끝냈을 때 회사에 보고하는 것을 '하번보고'라고 한다. 그때 잔업의 유무 등도 알린다. 반대로 일터에 도착했을 때 보고하는 건 '상번보고'라고 한다. 이것을 게을리하면 회사에서 연락이 와서 주의를 받게 된다.

간이!"라는 호통을 들었다는 이야기를 들었다. 참으로 분했겠구나 싶었다. 앙갚음인 양 이런 이야기를 쓰는 나는 점점 나쁜 인간이 되어가고 있는 걸까.

커뮤니케이션 능력

「 안전유도원 중에 외국인이 적은 것은 왜일까?」

퓨처맨사(F사)에 거의 상주 경비원으로 대우받고 있는 후지이와라는 쉰을 넘긴 남자가 있었다. 후지이와는 조례에서도 늘 같은 회사 경비원 십 수 명의 선두에 섰다. 큰 키에 안경을 끼고 근무복 바짓단을 늘 안전화에 비집어 넣고서 힐끗힐끗하는 시선으로 타인을 탐색하는 그의 모습이 이런 예를 들어 미안하지만 마치 나치 대원 같았다.

실제로 나도 F사에 드나들기 시작한 한겨울에 후지이와로부터 복장 점검을 당해 주의를 받은 적이 있다. 방한복 안에 규정된 복장을 하고 있지 않은 것을 보고 경비업법 위반이라고 지적했다. F사에서는 대장 격인 안전유도원을 두지 않았기에 후지이와가 마음대로 그렇게 참견을 하고 있었다. 이런 후지이와의 복장 체크는 나한테만 있었던 일이 아니라 다른 대원에게도 미치고 있어서 소위 '거만한 시선'으로 하는 단속 습관을 모두가 꺼림칙하게 여겼다. 이후 몇 달인가 지나서 그와 다른 현장에서 같이 일을 하게 되었다. '어라, 저 친구는 F사 전속[1]이 아니었던가?' 하고 궁금하게 여겼다. 그 며칠 후 그를 잘 아는 동료와 일을 하게 되어서 "후지이와 씨와 요전번에 F사 말고 다른 현장에서 같이 일했는데 무슨 일 있었어요?"라고 물어보자 의외의 대답이 돌아왔다.

"후지이와는 F사에 출입금지[2]를 당했어요. 그것도 두 번째고요"라고 하지 않는가. "네에?"라고 놀라면서도 동료에게 그 이유를 물어보자 "아무래도 출장지에서 동네 주부랑 말다툼을 벌였나 봐요"라고 이야기해주었다. 첫 번째 출입금지도 그런 이유에서였던 모양이다. 즉 후지이와는 안전유도원으로서는 원칙적으로 우수하지만 아무래도 커뮤니케이션 능력에 문제가 있는 모양이었다.

인터넷 영상을 본 사람은 알지도 모르지만, 도로안전유도원 중에는 교차로에서 춤추듯이 멋지게 교통 지도를 하는 사람도 있지

---

[1] F사는 각각의 작업 차량에 전속 안전유도원이 근무하는 경우와 신규 안전유도원이 근무하는 경우로 나뉘어져 있다. 신규인 사람은 F사와 일하기를 꺼리기 마련이지만, 오래 전속으로 특정 작업 차량에 타는 안전유도원은 작업기사와도 속마음을 터놓는 인간관계가 형성된다. 그래서인지 전속 안전유도원이라서 불만을 터뜨리는 사람은 없었다.

[2] 출입금지를 당한 안전유도원은 역시 문제가 있는 사람이 많았다. 안전유도원 모두가 베테랑은 아니다. 오히려 경험 햇수가 적은 사람이 많다. 그런데 작업기사는 매일 같은 일을 하면서 안전유도원의 일하는 솜씨를 지켜보고 있어서 재빠르게 능력치를 체크할 수 있다. 그런 감독이나 작업기사의 레이더에 걸린 안전유도원이 실수를 저지르면 출입금지를 당한다. 어쨌거나 대신할 사람은 얼마든지 있으니 말이다.

만 애매한 신호를 보내서 운전자로부터 빈축을 사는 안전유도원도 있다. 그런 점에서 경비원의 능력이 결정되기 마련이지만, 실은 커뮤니케이션 능력이 무척이나 중요하다.

토목 관련 일에는 중동이나 동남아시아 계열의 외국인이 많이 근무한다. 그러나 안전유도원 중에는 우선 그들이 없다. 경비회사도 그들을 채용하는 데는 소극적일지도 모른다. 즉 주민이나 운전자와 커뮤니케이션을 할 때 불안해서이다. 그렇다고 해서 일본인 모두가 커뮤니케이션 능력이 뛰어난 것도 아니다. 그런 의미에서 인상적인 젊은 동료가 있었다.

그는 서른을 막 넘겼고 안전유도원으로서의 자질이 상당히 뛰어났다. 어떤 현장에 가도 적극적이고 어려운 경비 상황에서도 빈틈없이 해내며 목소리도 쩌렁쩌렁하고 체력도 좋아서 그에 대한 토목 회사의 신뢰가 두터웠다. 토목 회사는 쭉 전속으로 그를 고용하고 싶다고 경비회사에 의뢰했다[3]고 들었다. 하지만 커뮤니케이션 능력에 문제가 있었다. 나도 그와 같이 일을 했을 때 그에게 무언가 질문하자 "그걸 내가 어떻게 알아요?" 하는 말투를 몇 번이나 들었다. 판에 박은 듯 말하는 그의 태도에 난처했던 적이 있다.

나중에 알게 되었는데, 그는 동료와 원만한 관계를 맺지 못하는

---

[3] 이건 클라이언트의 권리이기도 하기에 자주 있는 일이다. 같은 돈을 지불한다면 어떤 회사에서든 우수한 안전유도원을 파견받고 싶으니 말이다. 하지만 이 요청을 전부 받아들이면 그때까지 전속으로 일하던 사람이 내팽개쳐지는 경우가 생긴다. 경비회사로서는 난처하기도 하다.

트러블메이커이기도 해서 한 경비회사에서 오래 일하지 못하고 회사를 여기저기 전전하고 있었다. 얼마 지나지 않아 회사를 관두었다고 한다.

동료 중에서 나이가 일흔여섯인 사람이 있었다. 그는 가스공사 전문 회사에 전속으로 같은 지역에서 반년 이상이나 안전 유도 일을 하고 있었는데, 이웃 주민에게 상당히 평가가 좋았다.

어느 날 현장 근처에서 노인 여성 몇 사람이 모여서 만담가 오야노코지 기미마로 이야기를 하고 있었다. 나도 때마침 그 자리에 있었는데, 일을 마친 그는 그 이야기의 무리에 끼어들어서 "옛날에는 좋았지. 매일 당신의 살결을 만졌는데 그로부터 40년, 지금 매일 만지는 건 손잡이 정도니까"라고 말해서 모두 깔깔대며 웃음을 터뜨렸다.

이게 중요하다. 주민과 친해지면 공사를 할 때 그들에게 민폐를 끼쳐[4]도 웬만하면 큰일로 번지지 않는다.

나도 비슷한 경험이 있다. 도로 포장 공사에 세 명의 안전유도원이 배치되었다. 공사 현장 바로 앞에서 통행금지 간판을 세우고 우회하도록 유도하고 있었다. 나 말고 다른 사람은 30대 부부가 와 있었다. 부부 중 아내가 통행금지 간판 옆에 서 있었고, 그녀 근처

---

[4] 시가지에서는 공사가 장기간 계속되면 당연히 클레임이 발생하기 쉽다. 분진, 진동, 소음, 차량 규제 등 일상생활에 막대한 영향을 끼치기 때문이다. 야근이 끝난 노동자나 아기가 있는 가정에서는 숙면을 방해받거나 세탁물에 모래 먼지가 묻기도 한다.

에 내가 있었는데 중년 여성 운전자와 그녀가 그만 큰 소리로 다투고 말았다.

"왜 여기서 통행금지를 시키는 거예요? 할 거라면 좀 더 앞에 안내 간판을 세워야죠! 그러면 여기까지 내가 올 일도 없었잖아요!"

여성 운전자는 운전석 창문을 내리고 화를 내고 있었다. 그러자 보초를 서고 있던, 얼핏 보기에도 드세 보이는 아내 유도원이 얼굴이 시뻘게져서 운전자에게 반박했다.

"여기서 150미터 앞에 간판을 세워놨어요. 당신이 못 본 거잖아요. 얼른 돌아서 가요!"

이렇게 되자 여성 운전자도 질 수 없었던 듯하다. 쌍방이 비난으로 응수했다. 쳐다보니 운전자의 차 뒤에는 몇 대나 되는 차가 줄지어 있었다. 나는 얼른 가서 운전자에게 고개를 숙였다.

"죄송합니다. 간판이 작았나보네요. 기분 푸세요. 뒤에 차도 길게 늘어서 있으니 이대로 우회해주시면 안 될까요?"

여성 운전자는 마지못해 싸움을 관두고 우회해주었다. 여기서는 어느 누가 옳은지는 그렇게 중요하지 않다. 더구나 안전유도원은 운전자를 찍소리 못하게 만들어도 공사에 지장이 생기면 업자로부터 클레임을 받는다.

안전유도원의 일은 운전자를 말로 굴복시키는 게 아니다. 어디까지나 협력을 부탁하는 입장이다. 그럴 때 커뮤니케이션 능력을 시험받는다. 고령자는 젊은 사람에게 능력 면에서는 뒤떨어지는 일이 많지만, 커뮤니케이션[5]이라는 점에서는 경험 덕을 본다. 그런 점이 안전유도원의 심오함일지도 모른다.

---

[5] 내가 두 번째로 근무한 경비회사에서 야근을 했을 때 젊은 안전유도원이 말을 걸어오더니 이런 소리를 했다. "전 야근 전문이에요. 낮에는 사람이나 자전거, 특히 이웃주민 때문에 짜증나서 다들 활동을 하지 않는 시간에 근무하는 게 편해요." 야근을 선택한 사람 중에는 타인과 커뮤니케이션을 해야 하는 번거로움을 꺼리는 사람도 있는 모양이다.

일 못하는 안전유도원
「 여기에도 능력의 격차는 존재한다 」

'일 잘하는 안전유도원'과 '일 못하는 안전유도원'은 엄연히 존재한다. 이건 어떤 일에도 해당되니 어쩔 수 없다. 그렇다면 나는 어느 쪽인지 딴지를 걸어올 듯하지만, 나는 그 둘 중 어느 쪽도 아니라고 대답하고 싶다.

내 생각에는 나이도 있어서 '일 잘하는 안전유도원'의 범주에는 앞으로도 들어가는 일이 없을 거라고 본다. 자기 평가는 타인의 평가보다 20퍼센트 높다[1]고 흔히들 말하는데, 그래도 일 못하는 안전유도원에는 들어가지 않을 테다. 작업기사에게 "집에나 가"라는

---

[1] 언제였던가, 고령의 안전유도원이 일을 너무 못 해서 같은 생각을 가진 동료와 상담 후 그에게 주의를 주었다. 그러자 당사자가 "난 일 잘하는 사람이야. 남한테 이런저런 소리를 들을 이유는 없다고 봐"라고 오히려 역정을 낸 적이 있다.

소리를 들은 적도 없거니와 경비할 때의 행동으로 관제실에서 주의를 받은 건 2년 반 동안 두 번밖에 없다.

'일 잘하는 사람, 못하는 사람'의 비율에 대해서 말하자면 내 독단적인 평가로는 일 잘하는 안전유도원은 전체의 20퍼센트, 못하는 안전유도원은 10퍼센트, 그 외의 70퍼센트는 잘하지도 못하지도 않는다고 해야 할까.

일 잘하는 안전유도원은 어떤 현장에 가도 어떤 포지션에 서도 모두 합격점 이상을 해내고 안전유도원의 모범이 된다. 일 못하는 안전유도원은 감독이나 작업기사가 때로 "집에 가"라고 호통을 치거나 "○○ 씨, 저 사람만큼은 곤란해요"라며 동료도 기피한다.

그 외에 70퍼센트의 안전유도원은 현장이나 포지션에 따라 평가가 오르내리지만 안전유도원으로서 일정한 역할을 무난하게 해내는 사람이다.

나는 동료를 보는 눈만큼은 공평하다고 생각한다. 얄미운 동료라도 일은 별개이다. 일 잘하는 사람과 한 팀이 되면 일이 매끄럽게 흘러가고 체력적, 정신적으로도 부담이 가벼워진다. 그 반대일 경우, 아무리 좋은 사람이라도 일을 못하는 사람과 보내는 하루는 신경이 소모된다.[2]

---

2 안전유도원은 하루 종일 무거운 것을 들거나 짊어지지는 않는다. 피곤해지는 건 신경이 마모되는 듯한 현장 혹은 사람과 일을 했을 때이다. 어느 베테랑 안전유도원은 동료를 울리기로 유명했다. 보통은 문제가 없다가도 차나 보행자의 상황이 그의 한계를 넘어서면 패닉을 일으켜 일절 이쪽의 신호에 반응을 보이지 않아 바로 앞에 세워둔 차를 보내지 못하게 했다. 거짓말 같은 이야기지만 그게 몇 번이나 일어나서 이때 한 근무는 실로 피곤하기 그지없었다.

그렇다면 내가 생각하는 일을 못하는 안전유도원은 어떤 사람일까. 조금 꺼림칙하지만 그걸 우선 타입별로 소개하고 싶다. 본서의 다른 항목에서 이미 언급한 타입은 제외시켰다.

하나는 주의력이 산만한 사람이다.

이건 상당히 곤란하다. 왜냐하면 사고를 유발시킬 수 있어서이다. 도로안전유도원의 존재가 오히려 교통사고의 원인이 된다는 건 참으로 블랙코미디나 마찬가지다. 나가오카 불꽃놀이에서도 소개한 사가와가 전형적인 이 타입이었다. 어쨌거나 그는 해맑은 사람이었지만 같이 한 차선 교대통행을 했을 때 황당함과 동시에 상당히 위험하다고 느꼈다.

어째서일까. 어쨌거나 집중력이 이어지지를 않았다. 한 차선 교대통행은 상대의 신호를 보면서 차를 통과시키거나 세우는 신호를 보낸다. 사가와는 자신의 포지션에서 전혀 차분하게 있지 못하고 서 있는 위치를 중심으로 빙글빙글 돌아다니며 이쪽의 신호를 확인하지 않았다. 당연히 자신이 보내는 신호도 소홀히 했다. 그러면 어떻게 되겠는가. 나는 정차시킨 차를 보낼 수 없었다. 상대의 신호를 확인하지 않으면 도중에 서로의 차가 마주치게 된다. 운전자는 후진하는 것을 상당히 싫어한다.

나는 몇 번인가 "어이, 이쪽을 잘 보고 보내줘. 그리고 이쪽이 차를 보냈을 때 다른 쪽을 보면 안 돼"라고 주의를 주었지만 전혀 개선되지 않았다.

　두 번째는 무책임한 사람이다.

　가스공사 현장에서 있었던 일이다. 신호가 있는 교차로에서 가스공사를 했다. 차가 그렇게 빈번하진 않았지만, 교차로라서 신경을 썼다. 나는 오른쪽 옆의 공사 현장에 평행한 우회전 차선을 등지고 정체되지 않게 차를 통과시켜야 했다. 내 뒤로 약 40미터 앞에서 젊은 도야마가 우회전 차선으로 들어가는 차를 직진 차선으로 유도시키는 역할을 담당하고 있었다. 전혀 어려울 게 없었다.

　나는 정면과 좌우에서 오는 차가 직진하거나 꺾고 싶어 할 경우에 좁아진 우회전 차선으로 유도해서 보내면 되었다. 그런데 한번은 우회전 깜박이를 켜며 오는 차에게 가라고 신호를 보냈지만 차가 정지한 채 움직이려고 하지 않았다. 이상하다 싶어서 뒤를 돌아보니 2톤 트럭이 내 바로 뒤에 정차하고 있었다. 이래서는 좌우에서 오는 차는 우회전 도로로 진입할 수 없다.

　휴식할 때 나는 도야마에게 "왜 내 뒤에 트럭이 정차해 있었어? 너무 위험한 거 아니야?"라고 따지자 어처구니없게도 도야마는 "마음대로 지나갔어요"라고 하지 않는가. 그렇다면 도야마가 그곳에 서 있는 의미가 전혀 없는 게 된다. 그의 태만이라고밖에 할 수 없다. 진입 금지 간판을 세우거나 중학생에게 작업복을 입히고 세워두는 편이 훨씬 낫다. 도야마는 트럭이 내 등 뒤로 달려와도 위험하다고 알리도록 소리를 지르거나 호루라기를 불지도 않았다. 즉 될 대로 돼라는 무책임한 안전유도원이었다.

도야마는 하나를 보면 열을 알 수 있듯이 의욕이 없는 사내다. "오늘은 일찍 끝날까요?"라고 나한테 몇 번인가 물은 부분에서도 그 기질을 엿볼 수 있었다.

세 번째는 아무것도 생각하지 않는 사람이다.

무언가를 생각하고는 있지만 그게 상대에게 전해지지 않는 사람이 있다. 주위 상황을 파악하지 않고 자신이 있는 곳에 온 차는 일시정지 선이 그어져 있는데도 봉을 흔드는 인형이 되어 계속해서 통과시킨다. 이쪽이 보내는 신호는 상관하지 않는다. 안전유도원이라면 "뭐 이런 멍청한 인간이 다 있나"라고 틀림없이 말할 테다. 하지만 실제로 있다.

무전기를 사용하는 현장에서는 무전기 응답에 정신이 팔려 한 박자, 두 박자 다음 동작이 늦어 정체가 심해진다. 스스로 상황 파악을 잘 못하기 때문에 운전자나 작업기사와 트러블을 일으키고 만다. 그들과 일을 할 때는 이쪽이 주도권을 잡겠다고 사전에 선언할 때도 있다. 한 차선 교대통행을 할 때는 무전기에 응답을 하지 않아도 되니 이쪽이 하는 말만 듣고 차를 세우거나 보내달라고 부탁했다. 그러면 늦은 반응에 일일이 화를 낼 필요도 없다. 그리고 일이 순조롭게 진행된다.

네 번째는 눈치가 없는 사람이다.

관제실에서 일한 적이 있었던 어느 안전유도원은 좌우지간 눈치가 없는 사람이었다. 고소작업차에 작업기사와 동승해서 여기저기 하루에 몇 번인가 현장을 바꿔서 일을 했는데, 어느 날 작업기사가 회사에 통보해 일에서 하차하게 되었다. 그건 그가 쉴 새 없이 떠들어서 작업기사가 차 안에서 전화를 하거나 서류를 쓰는데 방해가 되어 난감했다는 이유에서였다.

이런 일은 오랫동안 안전유도원 일을 하고 있으면 이해할 법도 하지만, 그 점이 무신경[3]했다. 나도 그와 몇 번인가 이야기를 한 적이 있는데, 그런 위험성을 느낀 적이 있었다.

나도 작업기사가 운전하는 차에 동승해서 여기저기 현장으로 이동하면서 하는 일을 꽤 많이 하는데, 그때마다 그 점을 상당히 신경 쓴다. 그럴 경우 나부터 먼저 화제를 꺼내는 일은 우선 없다. 작업기사가 말을 걸면 상대를 한다. 일단락되면 입을 다문다. 침묵한다고 해서 미움받을 일은 없다.

우선 생각난 것만 여기에 썼지만, 그렇다고 이렇게 일을 못하는 안전유도원은 쓸모없는 사람인가 하면 그렇지도 않다. 회사는 그

---

3   고소작업차 두 대로 전선 작업을 하는 날이었다. 안전유도원은 세 명 있었다. 작업기사가 서글서글한 성격이라는 건 대화하는 모습에서 알 수 있었다. 하지만 안전유도원 한 사람이 작업 시작 시간에 늦게 오는 것을 보고 불이 화르르 타오르는 것처럼 화를 냈다. "당신은 그냥 돌아가! 일당도 줄게! 면상도 보기 싫으니까 가!"라고 말이다. 이야기를 들어보니 그 안전유도원은 전날에도 지각을 해서 주의를 받았다고 한다. 이런 안전유도원을 무신경한 사람이라고 부르는 것이다.

들을 관두게 하지 않는다. 왜냐하면 그럼에도 불구하고 귀중한 전력이기 때문이다. 다섯 명, 열 명이 있는 현장에서는 모두가 중요한 포지션에 서지 않는다. 전체를 보면서 지휘하는 대장도 있거니와 인원수를 맞출 안전유도원도 필요하다. 일당은 거의 같다.

회사는 경비 의뢰를 받아들였을 때 일을 잘하는 사람과 못하는 사람을 나눠서 비용을 청구하지 않는다. 열 명이 필요하면 열 명을 모으는 게 회사의 역량이자 신용인 것이다. 안전유도원도 적재적소에 배치하면 고르지 않은 역량 정도는 해소된다. 그 점에서 이 일이 고령자에게도 잘 맞는다고 할 수 있다.

화제의 마에자와 유사쿠 사장은 인재 활용을 두고 급여로 새삼스럽게 능력에 차이를 둘 필요가 없다고 했다. 몇 사람이 캠핑을 하러 갔다면 불을 잘 지피는 사람, 텐트를 잘 치는 사람, 요리를 잘하는 사람이 저마다 역할을 분담해서 서로 협력한다. 강에서 물고기를 몇 마리 잡으면 평등하게 나눈다. 그때 차이를 두려고 하는 사람은 없다. 집단에서 능력 차이는 해소할 수 있다. 회사도 마찬가지다. 그런 점에서 마에자와는 앞으로 사원을 채용할 때 제비뽑기도 고려하고 있다고 호언장담했다.

이야기로 돌아가자면, 일을 못하는 안전유도원이나 고령자는 회사나 동료에게 인정받지 못한다고 생각하며 일을 하는 게 아니다. 안전유도원이라는 일의 조각 가운데 하나면 된다고 생각한다. 흔히들 말하지 않는가. 회사에서 거치적거리는 사원을 배제한다고 한들 생산성이 급상승하지 않고 또다시 그 만큼 일을 못하는 사원이 좀비처럼 나온다고.

사회란 그런 법이다. 서로 도와가면서 성립되고 있다. 안전유도원 세계를 구체적으로 관찰하면 이른바 사회의 축도나 마찬가지인 것은 그러하기 때문이기도 하다.

가택 수색

「 세금 미납으로 집을 수색받다 」

안전 유도 일을 쉬고 우리 회사(약 37년 정도 전에 설립한 편집 프로덕션 법인회사) 정산을 둘러싼 세무서 직원의 가택 수색 등에 협조하는 날이었다. 내가 사는 빌라에 세무서 직원이 방문해서 몇 시간 정도 회사의 현재 상황을 질문하고 서류 한 건을 제출하게 한 후, 나와 아내의 집을 수색이라고 칭하며 살펴보고 있었다. 역시 딸아이의 방은 "괜찮습니다"라며 들여다보지 않았다. 가택 수색이라고 하면 호들갑스럽지만, 완료 후에 세무서 직원은 나에게 수색 조서 등본을 건네주었다.

어폐가 있다고 생각하지만, 이런 긴장감이 없는 가택 수색은 또 없을 테다. 집에 돈이 될 만한 것이 없다는 사실은 내가 제일 잘 알고 있어서였다. 금방망이가 있을 리도 없고, 팔릴 만한 장식품이나 그림, 고급 손목시계, 골프채, 차 등 아무것도 없었다. 흔히 텔레비전에서 지방세 체납 압류 현장이 나오는데, 그런 아수라장과는 관계가 없는 것이 우리 집이었다. 세무서 직원에게 늦었지만 미안한 감정이 든다.

어째서 일이 이렇게 되었냐면 약 2500만 엔이나 되는 세금을 미납해서였다. 내역은 법인세와 소득세로 약 1500만 엔, 약 1000만 엔이 연체금이었다. 그 세무서 관내에서도 세금 미납액으로서는 상위에 들어간다고 세무서 직원에게 들었다.

요 몇 년쯤 전에 집을 방문한 사람 좋아보이는 세무서 직원으로부터 나음과 같은 진질한 조인을 빋있다.

"보고 판단한 바, 나이를 고려해도 앞으로 이 세금을 납부하는 건 어렵지 않을까요. 그렇다면 얼른 회사 청산 수속을 밟아서 털어내는 건 어떨까요? 그러면 그 후에는 개인으로서 일을 하게 되겠지만 회사는 사라지니, 압류를 당하거나 연체금이 발생하는 일도 사라질 거예요."

회사 청산이란 회사를 해산한 후에 채권, 채무를 포함한 재산을 환금하는 절차이다. 나는 번거로운 일을 미루는 나쁜 버릇 때문에 질질 끌며 손을 대지 못했지만, '이제는 끝장'이라고 생각한 바가 있어서 회사를 청산하기로 결심했다. 지인으로부터 소개받은 법무사에게 12만 엔의 수수료를 지불하여 사무 절차를 진행했다.

그렇게 해도 100퍼센트 청산할 수 있는 건 아니지만, 청산하지 않으면 죽을 때까지 세금이 남아서 회사에서 벌어들이는 수입이 있으면 때로는 압류를 면할 수 없다. 정신적으로도 불안한 면이 있다. 내가 죽으면 아내와 자식에게도 민폐를 끼치게 된다. 재산을 포기하면 되는 문제가 아니다.

10년 정도 전에는 내가 기획한 다이어트 책이 히트를 쳐서 인세가 많이 들어왔지만, 어느 달에는 회사 계좌가 압류당했다. 금액은 약 420만 엔 정도였다. 돈을 인출하러 아침 9시 반 무렵 은행에 가면 이미 계좌는 동결돼 있었다. 세무서 앞으로 압류가 되었다고 인쇄되어 있었다. 이때는 일부러 지점장이 나와서 "개점하자마자 세무서 분이 오셔서 수속을 밟으셨어요"라고 안타깝다는 듯이 가르쳐주었다. 이제 다 틀렸다 싶었지만, 뒷짐만 지고 있을 수 없었다.

그 조금 전에는 거래처인 출판사에 거래 상황을 물어보는 서면이 도착해서 나는 200만 엔을 선금으로 받아 세금 체납액을 지불한 적도 있었다. 이런 일이 이어지자 내 신용이 뚝 떨어졌다.

압류를 당한 날에 나는 세무서에 가서 "작가에게 지불할 원고료나 회사 운영자금이나 생활비도 필요하니 일부라도 돌려줬으면 합니다"라고 애원했다. 이건 간신히 세무서에 받아들여져서 열흘 후에 170만 엔 정도가 돌아왔다. 이렇게 심장에 좋지 않은 살얼음판을 밟는 일이 이어져서 지치고 말았다.

좌우지간 애써서 일하는데도 닥치는 대로 압류당해서 기력이 빠졌다. 이 무렵부터 내리막길에서 굴러 떨어지다시피 회사 매출도 격감했다. 각 출판사와의 거래도 점점 소원해졌다. 하는 수 없이 안전유도원으로서 생활비를 벌게 되었지만, 세무서는 이쪽의 수입에는 손을 대지 않았다.

안전유도원 중에서도 세무서나 시청에서 세금 체납으로 압류를 당한 사람들이 있다는 이야기를 흔히 듣는다. 실제로 내 동료는 시민세 체납으로 경비회사에 압류 통보가 왔다. 세무서나 시청은 연락을 해서 일부라도 지급하겠다는 의사를 밝히면 그리 간단히 압류를 하지 않는다. 대부분의 안전유도원은 생활보호비보다 조금 더 웃도는 월급밖에 받지 않는다. 일당[1]으로 받는 안전유도원도 꽤 많을 텐데. 그런 사람들이 압류를 당한다는 건 시할이 걸린 문제이다.

출판 일의 틈을 메우듯이 간헐적으로 안전유도원으로 일하는 날이 몇 년 이어졌다. 간신히 생활을 꾸려 나갔지만 수입이 괜찮을 때의 10분의 1이나 20분의 1이었다. 내 인생에서 제일 희망이 보이지 않는 시기였다.

나는 돈이 없다는 것보다 희망이 보이지 않는 쪽이 괴로웠다. 자업자득이라고 하면 그럴지도 모르지만 아무리 궁리해도 좋은 수

---

1   어떤 경비회사든 일당의 전액을 지불하지 않는다. 5000엔이나 일당의 60퍼센트나 70퍼센트를 지급한다. 또한 근무 후에 사무실에 도장을 지참해서 일당을 가지러 오게 하는 게 일반적인 듯하다. 사정이 있는 사람이나 교통비도 간당간당한 사람에게는 기쁜 일이다.

가 떠오르지 않는다는 것이 이 무렵의 상황이었다. 그런 나에게 희망이 보인 것은 작년(2018년) 3월에 회사 청산을 결정하고 나서였다. 이제 세무서에 세금으로 독촉받는 일도 없거니와 압류를 당하는 일도 없다. 거래를 하던 출판사에 이 건으로 민폐를 끼칠 일도 없다. 완전히 작가 겸 편집자로 일을 할 수 있다. 궤도에 오르기까지 어떤 아르바이트를 해도 괜찮다. 물론 당분간은 안전유도원일을 이어가겠지만, 회사를 청산하기 전과는 기분이 전혀 달랐다. 꿈을 가질 수 있게 되었다.

타인은 일흔두 살이나 돼서 무슨 태평한 소리를 하냐고 생각할지도 모른다. 그게 상식일지도 모르지만, 나는 원래 모험을 좋아하는 기질이 있어서인지 다시 한 번 더 꽃을 피워볼 작정이다. 나의 몽상가 성향은 현실적인 아내가 다 꿰뚫어보고 있지만, 앞으로 어떻게 될지는 노력에 달려 있다고 생각한다.

내가 여기서 나의 수치스러운 부분을 드러내는 것도 희망이 있어서이다. '언젠가 반드시'라는 희망은 현실이 되지 않을지도 모르지만, 희망만 있다면 다소 겪는 고생은 견딜 수 있다.

샛길 지옥
「 경비 능력을 뛰어넘는 현장 」

글을 쓴 시점으로부터 바로 최근에 경험한 현장의 일이다. 너무 정확하게 현장 주소지 등이나 도로 상황을 쓰면 동료나 회사에 지장이 있을 듯하니 그 점은 너그럽게 봐주시길 바란다.

현장은 교차하는 도로에서 오래된 수도관 본관을 제거하는 작업이었다. 기간은 야간 공사를 포함해서 2주일 정도였다. 나는 그중 사흘 정도 그 현장에 나갔다. 그 도로는 교차하여 동서쪽으로 뻗어 있었고 그날 현장은 150미터 정도까지 20도 정도 높낮이 차이가 있는 도로의 중간 지점에 있었다.

나는 이미 화요일, 수요일 이틀을 나갔었다. 하루 건너 금요일이 되자 공사는 고비에 접어들었고, 하루에 30미터 정도 되는 거리의 포장을 벗겨서 흙과 자갈을 파냈다. 그리고 굵은 본관을 꺼내서 재차 포장했다. 포클레인 등 중장비도 두 대를 사용했고, 자갈 등을 반출반입하는 덤프트럭은 끊임없이 출입했다. 작업기사도 감독을 포함해서 여덟 명이 있었던가 했다.

안전유도원은 세 명이었다. 이 현장은 늘 안전유도원 수가 부족한 듯했다. 화장실에 가거나 점심식사를 하러 갈 때는 감독이 자리를 비운 안전유도원을 대신해서 일했다. 그런데 오늘은 안전유도원이 명백하게 너무나도 부족했다. 좌우지간 차량 통행량이 꽤 많아서 한 차선 교대통행에 안전유도원 두 사람이 빠졌다. 더구나 도로 중간에 좌우로 샛길이 있었다. 이 길을 방심할 수 없어서 하루 대부분을 이곳에 서 있어야 했던 나는 울며 겨자 먹기 상태가 되었

다. 그것도 도로 왼쪽 차선을 작업 구역으로 삼고 그곳에서 60미터 정도 앞에 경사진 곳에 있는 안전유도원과 한 차선 교대통행을 하고 있었는데, 도로 중간 오른쪽 차선 옆 샛길은 일방통행이 아니라 양방통행으로 되어 있었다. 그런데 입구에서 20미터 정도 구간은 차가 엇갈려 지나갈 수 없었다. 만약 차끼리 맞닥뜨리면 샛길 아래까지 후진해서 돌아오는 수밖에 없었다. 더구나 경사가 있는 길이라서 운전자는 난색을 표한다.

　도로에 나가자마자 우회전 금지 간판을 세워놓고 있었으나 올라오는 차의 반 정도는 오른쪽 깜박이를 켜서 나는 우회전을 할 수 없다는 신호를 보내거나 말로 전해야 한다. 게다가 번거로운 게 작업 구역 쪽 도로 아래에 정차했던 치기 안전유도원의 신호도 출발했을 때 대부분이 우회전 깜박이를 켜는 점이었다. 그건 상관없지만 그길로 직진하는지 바로 샛길로 들어가는지 내가 서 있는 장소에서는 순간적으로 판단할 수 없었다. 그렇게 되면 깜박이가 아니라 차 앞면이 향하는 방향으로 판단해야 한다. 이게 출발에서 우회전까지 불과 몇 초밖에 되지 않아서 샛길에서 나오려는 차와 맞닥뜨릴 가능성이 컸다. 그걸 막으려면 차를 샛길 입구에서 20미터 아래의 엇갈려 지나갈 수 있는 구간에서 대기하게 해야 한다. 이 판단을 순간적으로 해내야 한다. 더구나 공사를 하고 있는 도로에 끊임없이 덤프트럭이 드나들어 통행 차량도 많은 데다, 보행자나 자전거가 지나갈 수 있는 보도는 없는 거나 마찬가지였다.

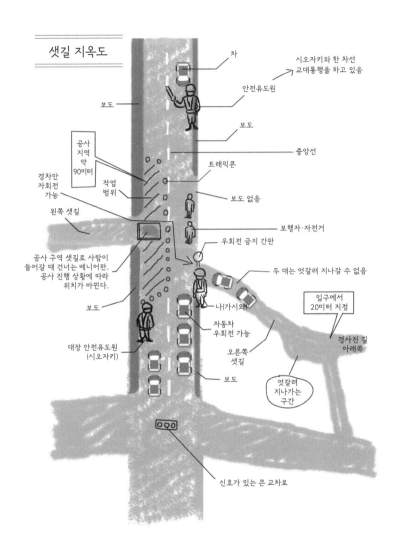

샛길 지옥도

차

시오자키와 한 차선
교대통행을 하고 있음

안전유도원

보도

보도

중앙선

공사
지역
약
90미터

트래픽콘

경차만
자회전
가능

작업
범위

보도 없음

왼쪽 샛길

보행자·자전거

우회전 금지 간판

공사 구역 샛길로 사람이
들어갈 때 건너는 베니어판.
공사 진행 상황에 따라
위치가 바뀐다.

두 대는 엇갈려 지나갈 수 없음

입구에서
20미터 지점

보도

나(가시와)

자동차
우회전 가능

경사진 길
아래쪽

대장 안전유도원
(시오자키)

오른쪽
샛길

엇갈려
지나가는
구간

보도

신호가 있는 큰 교차로

오후 3시를 지나 하교시간이 되면 초중학생이 줄줄이 지나간다. 이 유도도 해야 한다. 감독이 내 앞을 지나가는 보행자나 자전거에 어디로 가는지 모든 사람에게 물어 유도해줬으면 좋겠다고 거듭 확인했다. 그것도 포클레인 두 대가 움직이고 래머('두두두두' 하고 큰 소리를 내면서 모래나 파석을 다지는 공구)가 움직이고 아스팔트 합성 재료(뜨거운 포장 재료)가 깔리는 현장에서 어째서인지 이날은 왼쪽 차선 옆의 샛길로 들어가려고 하는 사람과 자전거가 많아서였다. 그때는 베니어판을 두껍게 한 판자를 현장에 깔아서 그들을 건너게 해야 한다. 아스팔트 합성 재료 시공 장소가 점점 늘면서 판자를 건너는 통행 장소도 달라진다. 그만큼 유도하는 데 신경을 써야 힌다.

아무리 봐도 안전유도원이 두 사람 더 필요한 현장이었다. 내가 담당자라면 우측 샛길 입구에 두 사람을 두어 한 사람은 차를 유도하고 한 사람은 보행자나 자전거를 유도할 것이다. 그리고 다른 한 사람은 샛길 아래의 차가 엇갈려 지나갈 수 있는 공간에 배치한다. 그런 곳을 혼자 유도해야만 하니 이리 뛰고 저리 뛰어야 했다.

공사 도로 아래쪽에서 한 차선 교대통행을 하던 대장 시오자키로부터 무전기로 쏜살같이 지시와 호통 치는 소리가 날아왔다. "보행자가 위험하다고!" "차를 맞닥뜨리게 하면 어쩌자는 거야?" "위에서 온 차는 좌회전해도 경차니까 지나가게 해!" "그 오토바이 멈추게 하라고!" 등이었다. 중장비 소음과 아스팔트 합성 재료의 코를 찌르는 냄새와 열기, 더구나 장시간 동안의 한 차선 교대통행으로 지쳤는지 시오자키도 상당히 신경질적이었다. 하지만 그렇다 해도 내 경비 능력을 초월해 버린 오늘의 작업 현장에서는 시오자키의 신경질을 진정시키는 게 도무지 불가능했다. 마침내 우측 샛길에서 올라오는 차와 우회전하는 차가 도로 출입구에서 맞닥뜨리고 말았다. 간신히 경사 아래 쪽으로 차를 후진시키자 시오자키가 곧장 달려왔다. 그는 내 양쪽 어깨를 붙들고 진지한 얼굴로 이렇게 말했다.

"가시와 씨, 대체 뭐하자는 거야? 책임 질 수 있어? 목숨 걸고 해 달라고!"라고 하는 게 아닌가. 나는 발끈해서 "책임은 질 겁니다"라고 대답했지만, 그건 그렇고 '목숨을 걸라'니 아무리 그래도 지나친 말이 아닌가. 더구나 남의 어깨를 그리 쉽게 건드려도 된단 말인가. 그건 의외로 불쾌한 법이다.

일은 정시인 오후 6시에 끝났지만 주위는 이미 캄캄했다. 오랜만에 피로를 크게 느꼈다. 나는 집에서는 안전유도원 일에 대한 이야기를 우선 하지 않는다고 이미 썼다. 하지만 캔소주를 마시면서 "오늘은 왜 이렇게 피곤하지?"라고 그만 아내에게 불평을 부리고 말았다. 그러자 아내가 빙긋이 웃으며 "수고했어. 당신도 안전유도원다워졌다는 거네"라고 말했다.

"안전유도원답다니, 그게 무슨 말이야?"

"그렇지 않을까? 일에 대한 근심으로 아내에게 불평하고 그러면서 술을 들이켜고 얼굴이 갈수록 까매지고 있잖아. 버젓한 안전유도원이 되고 있단 거지."

아무래도 샛길 지옥은 끝이 아니었나보다.

길고 긴 후기

　쉬는 날 사복을 입고 거리를 걷고 있으면 종종 공사 현장에 서 있는 안전유도원을 마주친다. 특히 그 안전유도원이 고령자일 경우 이야기를 걸고 싶어진다. 그건 자신의 동업자나 전직 안전유도원이 말을 걸어오면 의외로 기쁘기 때문이다. 하지만 나는 말을 걸 수 없다. 깊이 생각해본 적은 없지만 '민폐가 되지 않을까, 우월한 느낌으로 이야기를 하고 있다고 여기지 않을까'라고 괜한 생각을 해버리기 때문이다. 요컨대 근성이 있는 안전유도원이 아니라서 그런 망설임이 생기는 게 아닐까.

　안전유도원으로서 일정한 지위를 확보하지 못한 내가 안전유도원 일기를 출판해도 될까 하는 마음은 있다. 그 반면, 그러하기에 쓸 수 있지 않을까 하는 생각도 든다. 족히 10년간 안전유도원 일을 했더라면 그거야말로 하루하루의 노동이 생활이 되어 놀라움도 옅어지고 글로 쓸 대상이 되지 않을 게 분명하다.

나는 내 저서도 있고 대필 작가로서도 수많은 책을 다루어왔지만, 나의 경험을 바탕으로 글을 쓰는 건 처음이다. 이 책을 쓰기 위해 취재를 한 것은 하나도 없지만, 2년 반이라는 안전유도원 경험은 여전히 신선함을 잃지 않고 있다.

한편 나는 출판 세계에서 40년 가까이 일을 해왔다. 안전유도원이 되고 나서 반년 정도 경비 일을 하고서는 출판 세계로 돌아가기를 몇 번이나 반복하다 지금에 이르렀다. 이 원고를 쓰고 있는 시점에서는 네 번째 경비회사에 몸담고 있는 현역 안전유도원이다. 하지만 전업 안전유도원으로서 생계를 꾸려가는 사람과는 다르다. 요즘 말로 하자면 투잡[1]이라고 할 수 있다.

이 책을 쓰면서 생각한 것은 만약 내가 전업 작가이고 취재하기 위해 안전유도원이 되어 동료를 관찰했다면 과연 어떤 원고를 썼을까 하는 것이었다. 그 경우 안전유도원으로서의 모습은 가짜일 테고 언젠가 작가로 돌아갈 것이라는 자세에서 벗어나지 못했을 것이다. 그러면 본서와는 다른 뉘앙스가 원고에 묻어나지 않을까.

---

[1] 동료 중에도 투잡을 뛰는 사람이 여럿 있었다. 스낵바를 돕는 여성, 에어컨을 달거나 떼어내는 기사, 신문 배달을 하는 사람도 있다. 다만 경비회사 측도 여차할 때 못미더운 사람에게는 그렇게 사람 좋은 얼굴만 하지는 않는다.

그 차이가 무엇일지 잠시 생각해보고 싶다. 그게 본서의 성격을 잘 드러내주기 때문이다.

나는 안전유도원을 관찰자의 눈으로 본 적이 없다. 같은 회사에 소속된 안전유도원은 동료이지, 취재 대상자가 아니었다. 나는 일이 빨리 끝난다[2]든가, 일당이 500엔 올라가면 순수하게 기뻐했다. 그만큼 평범한 안전유도원이었다.

안전유도원이 갓 되었을 무렵, 휴식 시간을 1분이라도 넘기면 고래고래 소리를 질러가며 혼을 내는 50대 대졸 대장과 오랫동안 일을 한 적이 있다. "한 사람이 1분 늦으면 20명의 안전유도원이 있는 현장에서는 20분 늦어진다"가 그의 지론이었다. 그 주제에 본인은 15분이나 휴식 시간을 넘겨 놓고서도 태연했다. 그것 말고도 그에게서 변명으로밖에 여겨지지 않는 대우를 자주 받았다. 그와는 서른 번 이상 같이 일을 했지만 결국 세상 돌아가는 이야기한 번 나눈 적이 없었다.

나의 어떤 부분이 마음에 들지 않았던 걸까. 내가 둔감한 건지 지금도 수수께끼다. 나는 어릴 적부터 괴롭힘을 당한 적이 없다. 취직한 출판사에서 직속 상사와 뜻이 맞지 않았던 적은 있다. 그건 회사원 누구든 경험할 레벨의 이야기다.

---

2 현장에 따라서는 오전 중에 일이 끝나기도 한다. 그런데도 일당은 나온다. 나는 단독주택 건설 현장에서 1시간을 기다려도 목수도 감독도 오지 않은 적이 있다. 회사에 연락을 하니 감독의 명백한 지시 실수여서 일당 전액을 받은 적이 있다. 다만 일찍 끝난다고 해도 맨 처음부터 오전 중에 끝나는 것이 예정된 현장은 여기에 해당되지 않는다. 그럴 때는 일당의 약 60퍼센트 정도밖에 지급되지 않는다.

본문의 '좋아할 수 없는 사람'이라고 쓴 젊은 감독과 이 대장의 언동에는 화가 났지만, 그런데도 견딜 수 있었던 것은 생활 때문이었다. 취재 대상으로 봤다면 당시의 나는 이른바 고령의 '불쌍한 안전유도원'이었다. 하지만 나는 자신을 '불쌍한 안전유도원'이라고 생각한 적이 없다. 시점을 바꾸면 나는 의외로 '다부진 안전유도원'이다. 그렇지 않으면 살아갈 수 없었다.

예를 들어 도호쿠 대지진의 후쿠시마 원자력 발전소 사고가 난 부근의 안전유도원 중에서는 당시 세 시간에 4만 엔의 일당을 받기도 했다고 한다. 그러다가 일당은 3만 엔, 2만 엔, 1만 엔으로 줄어갔다. 내 지인은 2만 엔일 경우 안전유도원 일을 하러 나섰다.

당연히 고용하는 측도 안전유도원과 '무슨 일이 있어도 책임은 지기 힘들다'와 같은 각서를 교환했다. 위험 지역일수록 나이가 많은 안전유도원을 배치시켰다. 그건 그럴 테다. 방사선 피해는 10년이나 20년이 지나야 알 수 있다. 그런 곳에 젊은 사람을 파견하면 설령 각서를 주고받았다고 해도 몇 십 년이 지나 후유증이 생겼을 때 고용한 기업은 소송을 당한다. 한편 고령자의 대부분은 세상을 떠났을 테다. 그런데도 돈이 필요한 사람은 그런 곳에 안전유도원으로 갔다. 이것이 단순한 작가로서는 이 일이 가능한 일이 아니며, 고령 안전유도원의 부득이한 심정도 이해할 수 있는 대목이다.

안전유도원 생활을 2년 반 해놓고 뭘 알겠냐고 꾸짖기도 하겠지만 이제부터 5년 경험을 쌓아도 쓸 내용에 그다지 변화는 없을 테다. 하지만 반년이나 1년 정도 되는 안전유도원 경험으로는 도무지 이 책을 쓸 수 없었다.

어느 동료가 몇 년쯤 전에 한겨울의 홋카이도 아사히카와에 본문에 여러 번 나온 F사의 안전유도원으로 가서 한 달 반 만에 60만 엔의 보수를 받은 적이 있다는 이야기를 하는 걸 들었다. 과연 나도 가능할까 곰곰이 생각한 적이 있다. 일본에서 가장 춥다고 하는 아사히카와다. 나는 본문에도 썼지만 추위에 약하다. 그런데도 정말로 돈이 없다면 아마 갔을 테다. 그런 경험이 없는 건 본서를 쓰는 데 있어서 어느 정도 안타까운 생각도 든다.

다른 안타까운 일은 감동적인 이야기 혹은 따스한 이야기가 없다는 것이다. 그런 이야기가 있으면 본서의 악센트가 되었을 테다. 아무리 생각해도 내 기억에는 없다. 요나구니지마섬의 숙부 고별식에 향하는 도중에 지갑을 잃어버린 나하의 소년에게 신분을 밝히지 않고 사이타마의 의사가 6만 엔을 빌려 주었다는 미담의 전말 등은 그리 흔한 법이 아니다. 그런데도 어쩌면 동료에게는 있을지도 모른다고 생각해서 몇 사람에게 물어보았지만 모두 쓴웃음을 짓기만 하고 "그런 일이 뭐 있을 리가 있겠어?"라며 어처구니없어 했다.

나는 안전유도원 세계뿐만 아니라 일부분 가정 내의 일이나 가계 상황에 대한 이야기를 꺼내기도 했다. 이건 애초에 안전유도원 일을 하는 계기가 되기도 했고 그 후 안전유도원 생활과도 밀접하게 연결되는 이야기니 털어놓았다. 창피를 무릅쓰고 썼다. 장밋빛 이야기만 쓰는 게 본의는 아니었으니 말이다.

안전유도원 세계도 인간이 모이는 세계라서 트러블도 생기거니와 인간미가 폴폴 나는 갈등도 생긴다. 새침한 얼굴로 이 일을 해낼 수는 없다. 책이 나오면 생각지도 못한 알력[3]이 생길지도 모른다. 아내는 내가 안전유도원 생활에 대해 쓰기 시작한 것을 알고서 "그런 걸 써서 명예훼손으로 누구한테 고소당하는 거 아니야?"라고 걱정했다.

나는 그것을 부정했다. "본 대로 느낀 대로 썼을 뿐이니 문제없어"라고 말이다. 악의를 가지고 타인에 대한 이야기를 쓴 기억은 없다. 하지만 세상은 선의를 가진 사람만으로 구성되어 있지 않다. 본서에서 그런 사람이 눈에 띈다면 내 도량이 좁아서일지도 모른다. 관계자, 독자에게 불쾌한 마음을 안겨드렸다면 용서해주기를 바란다.

이 '후기'를 쓰면서 만약 나를 고소하는 사람이 있으면 반은 농담이지만 누구일까 하다가 아내밖에 없지 않을까 생각했다. 아내도 이렇게나 노골적으로 내가 부부에 대한 일을 쓸 줄은 생각지도 못

---

3   이 일만큼은 책이 나오지 않는 한 모른다. 본명으로 쓰지 않더라도 이야기의 당사자가 읽으면 자신의 일이라고 알 수 있다. 그래서 불쾌해 하면 미안하다고 말하는 수밖에 없다. 지금은 인터넷 시대라서 저자도 쓰고 끝이라고 생각하지 않는다. 온 마음을 다해 쓸 작정이다.

했을 테다.

　현재 내가 재직하고 있는 경비회사는 소속 안전유도원의 80퍼센트가 70대라고 본문에서 말했지만, 일본 인구의 20퍼센트가 70세 이상이 된 지금 그렇게 놀랄 일이 아닐지도 모른다. 현장에서 '왜 이렇게 노인이 많지?' 하는 위기를 느낀 사람은 내가 본 바 한 사람도 없었다.

　대기업 경비회사에서는 안전유도원 채용에 70세 이상은 거부하는 곳도 있다. 하지만 내가 그 나이를 넘겼으니 하는 말이 아니라, 이것만큼은 사람마다 다르다.

　현장에 나오는 고령자 모두가 건강히디. 주미니 사성노 처마다 다양한지 무연금자도 있거니와 '연금 플러스 보람'이라는 사람도 있다. '손주에게 용돈을 주는 게 기쁨'이라며 즐겁게 일하는 일흔 된 여성도 있었다. '사람은 죽을 때까지 일하라'를 좌우명으로 삼는 사람도 있었다.

　내가 우려하는 것은 독자가 본서를 읽고 '안전유도원은 엄청 힘들 것 같아'라고 편향된 인상을 가지는 것이다. 그건 일면일 뿐, 필력이 부족한 것을 핑계로 삼자면 일은 뭐든지 힘든 법이다.

　나는 인생의 대부분을 좋아하는 출판 업계에서 보냈다. 원고 마감에 쫓겨 정월 초사흘조차 반쯤 철야로 일을 한 적도 있고, 의뢰한 작가가 저작권 도용 소동을 일으켜서 실컷 휘둘린 적도 있다.

그것 말고도 작가가 써서 안 될 것을 써서 소송을 당해 강경하게 담판을 지은 적도 있다. 저자(IT기업 사장)의 상습적인 변덕으로 인터뷰 비용까지 냈는데도 출판이 중지(두 번째)되어 힘만 들이고 꽤 많은 금액을 짊어져야 할 때도 있었다.

말이 나온 김에 하자면 20대 후반에는 도쿄 하라주쿠 메인스트리트에 위치한 센트럴아파트 지하에서 젊은 여성용 가방 가게를 약 4년 가까이 경영한 적이 있다. 60세 전후의 여성이라면 '하라주쿠 플라자'라는 명칭으로 서른여 개의 점포가 자리한 아담한 패션 전문 거리를 기억하는 사람도 많을 테다.

나는 완전히 문외한으로 가방 가게를 시작했기 때문에 매입처를 개척하고 판매하는 데 그야말로 밤에도 잠을 못 잘 만큼 고생한 걸 기억한다. 다행히도 가게는 잘 운영되었지만 센트럴아파트가 재개발되어 철거당해 물러나는 수밖에 없었다.

돌이켜보면 어떤 일에든 크든 작든 '힘든 게' 있었다. 나처럼 고령자는 안전유도원 말고 할 수 있는 일이 적다. 아파트 관리인 일에서도 내쳐질 게 뻔하다. 간병인 일도 남을 간병하기 보다 오히려 슬슬 간병 받을 나이여서 불가능하다. 그리 생각하면 안전유도원 일을 할 수 있는 것만 해도 감사하다.

마지막으로 한 마디 덧붙여야겠다. 안전유도원은 전기, 가스, 수도, 도로정비 등의 사회 인프라를 구축하기 위해 최말단에서 공헌

하고 있지만, 때로 스스로를 비하하는 건 어째서일까. 생활에 충분한 임금을 받을 수 없어서일까, 노동조합이 없어서일까, 주위에서 이 일에 대한 직업적 이해도가 없어서일까.

본서는 그 점에 있어서 독자의 관심을 충분히 채우지 못한 것을 자각하고 있다. 경비 업계는 2020 도쿄 올림픽에 임박해서 규모를 더 크게 확산하려고 한다. 그렇다면 안전유도원의 대우 등을 눈 감고서 그들의 부족한 자기 존엄성을 개인의 문제로 치부할 수 없다. 유급 휴가, 상여금, 퇴직금 제도의 정비, 악천후 중지 시 금전적 보상 등 하나씩 해결해나가는 것만이 우수한 안전유도원의 안정적인 확보로 이어질 테다. 업계, 사업자의 문제로서 한 층 더 개선되기를 기대한다.

본서의 구성이 항목별 일기 형식이 된 것도 나로서는 이렇게 하는 게 제일 쓰기 쉽고 기억도 환기할 수 있어서였다. 독자님도 장황한 일기를 읽는 것보다 흥미를 가지기 쉬울 테다.

2019년 3월에 출판한 자저가 어느 정도 계획에서 벗어난 판매 부수를 올리고 있기에 조금 더 현역 안전유도원으로서 힘내볼 작정이다. 이 또한 나다운 느낌이 든다.

2019년 6월

오늘도 현장에 서 있습니다

안전유도원의 꾸깃꾸깃 일기

1 판 1 쇄 2022 년 12 월 31 일

지은이	가시와 고이치
옮긴이	김현화
펴낸곳	로북
펴낸이	김현경
디자인	로파이
제작	세걸음
출판등록	2021년 4월 7일 제 2021-000251호
팩스	02 6434 5702
이메일	lobook0407@naver.com
Instagram	www.instagram.com/lobook_publishing
Blog	blog.naver.com/lobook0407
ISBN	979-11-974411-2-7 03830

▪ 파본된 책은 구입하신 서점에서 교환해드립니다.